Goldmann Science Fiction

Von Herman Wouk
sind außerdem im Goldmann Verlag lieferbar:

Feuersturm Band I · 6579
Feuersturm Band II · 6580

SCIENCE FICTION
ROMAN

Herman Wouk

Das Land im Mond

THE LOMOKOME PAPERS

Wilhelm Goldmann Verlag

Aus dem Amerikanischen übertragen von
Tony Westermayr

Innenteilillustrationen von Harry Bennett

1. Auflage Dezember 1983 · 1.– 8. Tsd.
2. Auflage März 1984 · 9.–13. Tsd.

Made in Germany

Dieser Roman erschien bereits
in anderer Übersetzung
und in leicht gekürzter Form
unter dem Titel
»Das Lomokom-Dokument« 1983 im Goldmann Verlag
Band 6623 For Men Only,
hrsg. von Peter Haining
Umschlagentwurf: Design Team München
Umschlagillustration: Steve R. Dodd/Agt. Schlück, Garbsen
Satz: Mohndruck Graphische Betriebe GmbH, Gütersloh
Druck: Elsnerdruck GmbH, Berlin
Verlagsnummer: 23439
Lektorat: Helmut Putz/Peter Wilfert
Herstellung: Peter Papenbrok
ISBN 3-442-23439-5

Vorwort zur Taschenbuchausgabe in Amerika

Diese Geschichte einer Reise zum Mond, mein einziger Versuch auf dem Gebiet Science Fiction, wurde 1949 geschrieben, kurz bevor ich den Marineroman in Angriff nahm, aus dem ›Die Caine war ihr Schicksal‹ werden sollte. Ich zielte auf eine Spiegel-Satire über die nukleare Konfrontation. Die Sowjetunion hatte damals noch keine Atombombe zur Explosion gebracht, die Wissenschaftler hegten auch noch Zweifel daran, ob eine Wasserstoffbombe (damals ›Höllenbombe‹ genannt) überhaupt machbar sei.

Seither ist die Mondreise als literarische Gattung fast gänzlich überholt. In ein, zwei Jahren, vielleicht schon, bevor dieser Band erscheint, kann sie durch Pressefotos und Artikel über Russen oder Amerikaner ganz obsolet geworden sein, wenn diese in der Wirklichkeit den Mond betreten. Vor achtzehn Jahren, als ich die Geschichte schrieb, war eine Erzählung über eine Reise zum Mond Phantastik. So rasch reißt das 20. Jahrhundert die alten Traumgebäude nieder.

Erzähler befassen sich seit Jahrtausenden mit Reisen zum Mond. Ein reizvolles Buch über das Thema, das mir zufällig in die Hände geriet, nämlich Marjorie Nicolsons ›Voyages to the moon‹ (›Reisen zum Mond‹), regte mich zu meinem Versuch an. Die Fahrt zum Mond kann ein romantisches Abenteuer sein, eine Gesellschaftssatire oder eine utopische Predigt. Meine Geschichte will ein Gemisch davon sein. ›Lomokome‹ heißt auf Hebräisch ›Utopia‹ oder ›Nirgendwo‹. Der Roman beginnt im trocken-nüchternen Stil einer Flunkerei von Daniel Defoe und geht langsam über zur Spiegel-Satire des ›Vernünftigen Krieges‹ und dem bescheidenen Vorschlag eines ›Tag des Todes‹. Er weicht dem Problem der Antriebskraft aus, wie das die meisten Mondreise-Geschichten tun. Meine Pseudolösung ähnelt derjenigen von H. G. Wells in ›Die ersten Menschen im Mond‹, vielleicht der besten dieser erfundenen Reisen.

Im Grunde entstammt diese Geschichte vor allem Jonathan Swifts ›Ein bescheidener Vorschlag ...‹ und Samuel Butlers ›Erewhon‹, dort dem Kapitel über musikalische Banken. Eigentlich sollte das Buch zunächst so lang werden wie ›Erewhon‹ und die gesamte Nachkriegsgesellschaft im Spiegel einer Lunarparodie behandeln. Ich stand ganz im Banne Samuel Butlers, des Fürsten der englischen Prosa. Die vorliegende kürzere Arbeit, die sich vor allem auf das Thema Atomkrieg konzentriert, war das Ergebnis. Man kann sagen, daß sich hier ausnahmsweise eine meiner literarischen Unternehmungen verkürzte, statt sich auszuweiten. Ich wäre froh darüber, wenn das öfter geschähe, mancher Leser wohl auch.

Wenn ich diese Geschichte im Jahrzehnt von Gemini, Surveyor, Raketenkrisen und Vietnam betrachte, ernüchtert mich die rasende Geschwindigkeit, mit der die

Wahrheit meine düstere Erfindung überholt. Aber wenigstens sind wir noch da, suchen immer noch nach einem Ausweg und haben - zu der Zeit, da ich das schreibe - noch immer ein wenig Zeit.

Washington
27. Mai 1967

HERMAN WOUK

Die ›Lomokome‹-Dokumente

Anhang ›E‹
des amtlichen Berichts der US-Marine

›SCHWERKRAFTNEGIERENDER ANTRIEB FÜR
MILITÄRISCHE ZWECKE‹

Im Vorlauf zum Hauptbericht
freigegeben auf Anweisung
des Chefs des Marinestabes

Vorwort von Professor V. W. Robinson
am Montana Institute of Technology

Vorbemerkung
vom Chef des Marinestabes

Die Erfordernisse der militärischen Sicherheit gestatten zur Zeit die Freigabe von ›Schwerkraftnegierender Antrieb für militärische Zwecke‹, kurz ›Robinson-Bericht‹ genannt, für die Allgemeinheit nicht.

Ein bedauerlicher und irreführender Verstoß gegen die Sicherheitsvorschriften durch eine einzige Zeitung hat zu einem öffentlichen Aufruhr von solchen Ausmaßen geführt, daß es für notwendig gehalten wird, sofort und getrennt Anhang E des Berichts zu veröffentlichen. Der Präsident der Vereinigten Staaten und der Minister für Verteidigung haben dieser Entscheidung zugestimmt.

Das Vorwort von Professor V. W. Robinson stellt eine inoffizielle Formulierung seiner persönlichen Ansicht zu Anhang E dar. Die amtliche Haltung der Marine stimmt jedoch in diesem Punkt im wesentlichen mit der seinigen überein.

In keiner Weise wird dadurch die beispiellose und historisch bedeutsame Tapferkeit von Leutnant Daniel More Butler, USN, berührt, der in der Phase Alpha der hier erwähnten Operation das höchste Opfer brachte.

Der Hauptbericht samt Anhängen wird zum frühestmöglichen, mit den nationalen Sicherheitsbestimmungen zu vereinbarenden Zeitpunkt auf Anweisung des Präsidenten veröffentlicht.

Admiral Jonathan S. Wells, USN.

Marineministerium, 1. Dezember 1955

Vorwort

Das Gleichgewicht zwischen den Erfordernissen der militärischen Geheimhaltung und dem Anspruch einer gutinformierten Öffentlichkeit (in einer Demokratie) ist schwer zu halten.

Im August 1945 gab die United States Army den Smyth-Report über die Atombombe frei. Er enthielt einen ins einzelne gehenden und zutreffenden Bericht über die Herstellung dieses verblüffend neuartigen Kriegsgeräts. Nur ganz wenige technische Details blieben ausgeklammert. Man ging davon aus, daß die Wissenschaftler auf der ganzen Welt alle Fakten im Smyth-Report kannten oder auf diese durch ihre Kenntnis vom bloßen Vorhandensein der Bombe schließen konnten.

Seither hat es bis in amtliche Kreise reichende Spekulationen darüber gegeben, ob die Veröffentlichung des Smyth-Reports potentiell feindlichen Kräften nicht größere wissenschaftliche Erkenntnisse unterstellt hat, als sie in Wirklichkeit vorhanden waren, oder, um es deutlicher auszudrücken, ob der Smyth-Report dadurch, daß er die Pflicht zur Informierung der Öffentlichkeit erfüllte, unabsichtlich einen Verstoß gegen die Sicherheitsvorschriften darstellte.

Überlegungen dieser Art haben dazu geführt, daß der Bericht ›Schwerkraftnegierender Antrieb für militärische Zwecke‹, fertiggestellt und dem Präsidenten überreicht am 3. Januar 1955, nicht freigegeben wurde.

Zu diesem Zeitpunkt ist es allerdings nicht mehr ratsam oder sinnvoll, bestimmte Fakten über das Projekt geheimzuhalten. Sie müssen veröffentlicht werden, um den weitverbreiteten Halbwahrheiten, Gerüchten und unsinnigen Erfindungen entgegenzutreten, die aus der Serie von ›Enthüllungen‹ im ›St. Louis Journal-Herald‹ am 11., 12., 13. und 14. November 1955 entstanden sind.

Diese Zeitungsartikel waren sensationell aufgemacht, vielfach ausgeschmückt und in hohem Maße unwahr. Sie abzudrucken, ohne die zuständigen Behörden vorzuwarnen oder um Rat zu bitten, war ein Verstoß gegen die ethischen Grundsätze des amerikanischen Pressewesens und gleichzeitig ein schwerer Schlag gegen die Sicherheit des Landes.

Die folgenden irrtümlichen Annahmen sind jetzt weitverbreitet und müssen widerlegt werden: daß die Marine der Vereinigten Staaten viele Expeditionen zum Mond unternommen hätte und sie beliebig wiederholen könne; daß ein Marineleutnant sich jetzt auf dem Mond befindet, zwar am Leben, aber vermißt ist, und von der Marine seinem Schicksal überlassen wurde; und, die unsinnigste Behauptung von allen, daß auf dem Mond eine Rasse von Wesen entdeckt worden sei, die sich von der Menschheit kaum unterscheide, uns aber in der wissenschaftlichen Erkenntnis ungeheuer weit voraus sei und unfaßbar zerstörerische Waffen besitze.

Die folgenden Fakten entsprechen der Wahrheit: Am 23. Mai 1954 und am 17. Oktober 1954 wurden zwei bemannte schwerkraftnegierende Projektile, entwickelt von der Marine der Vereinigten Staaten, erfolgreich aus dem Schwerefeld der Erde hinausbefördert und zum

Mond gelenkt. Das erste Projektil stürzte auf der Oberfläche des Mondes in der Nähe des Kraters Kopernikus ab. Sein Pilot, Leutnant Daniel More Butler, USN, der erste Mensch in der Geschichte, der das Schwerefeld der Erde verließ, wird vermißt und gilt als tot. Das zweite Projektil (der Name des Piloten wird aus Sicherheitsgründen nicht genannt) kehrte zurück. Der Pilot des zweiten Projektils war in der Lage, die Absturzstelle von Leutnant Butler zu erkunden, allerdings nur in begrenzter Form, da die dafür erforderlichen schwerfälligen Geräte die Erfüllung der Aufgabe behinderten. Sein Bericht deutete die Gründe für den Absturz an. Sie können hier nicht erörtert werden. Der Bericht enthielt auch fast eindeutige Schlüsse darauf, daß Leutnant Butler tot ist.

Die Marine beschäftigte sich seit 1943 in großem Maßstab mit dem Problem schwerkraftnegierenden Antriebs für militärische Zwecke. Es bestand nicht die Absicht, den erfolgreichen Flug über das Schwerefeld der Erde hinaus bekanntzugeben, bis das kürzliche Nachlassen der internationalen Spannungen sich erheblich verstärkt hatte. Die Öffentlichkeit wird ohne weiteres einsehen, daß die Veröffentlichung der Artikelreihe im ›St. Louis Journal-Herald‹ dem Staat eine grundlegende Änderung der in diesem Punkt verfolgten Politik aufgezwungen hat.

Zu diesem Zeitpunkt können keine Einzelheiten über die beiden erfolgreichen Flüge genannt werden, so wenig wie es möglich ist, Angaben über die laufende Arbeit am Rhododendron-Projekt oder an der technischen Lösung des Problems schwerkraftnegierenden Antriebs zu machen. Nebenbei darf erwähnt werden, daß eine der ungeheuerlichsten Unwahrheiten in den Artikeln des ›Journal-Herald‹ die Behauptung war, bei den Mondflügen wären atomgetriebene Raketen verwendet worden. Bei den Projektilen handelt es sich nicht um Raketen. Die Atomenergie spielt im erfolgreichen System der US-Marine zum schwerkraftnegierenden Transport keine Rolle. Der vollständige Bericht wird das Problem ebenso offen und ausführlich darlegen, wie der Smyth-Bericht das bei der Atombombe getan hat. Außerdem wird er die Logbücher von Leutnant Butler und dem zweiten Piloten als Anhang C und D enthalten.

Anhang E, hier abgedruckt, ist die Grundlage für die Artikel im ›St. Louis Journal-Herald‹. Die Geschichte von der Sekretärin, die eine Kopie aus dem Navy Building geschmuggelt und versucht hat, sie an alle möglichen Presseorgane zu verhökern, ist bis zum Überdruß geschildert worden. Der kürzliche bedauerliche Selbstmord dieser Frau hat der Episode ein tragisches und endgültiges Ende gesetzt.

Anhang E gibt den Inhalt der hundertsieben Blätter mit Leutnant Butlers Handschrift wieder, die der Pilot des zweiten Projektils an der Absturzstelle fand. Die meisten davon befanden sich in Leutnant Butlers ledergebundenem Logbuch. Ein paar vereinzelte Blätter wurden verstreut im beschädigten Projektil entdeckt. Ein Blatt lag im Freien, eingeklemmt in Mondgestein.

Diese Dokumente sind nicht ›von einer fremdartigen Beschaffenheit und Art, wie sie auf der Erde unbekannt sind‹. Im Gegenteil. Es handelt sich um Blätter eines ganz gewöhnlichen Notizblocks, wie er in jedem Schreibwarengeschäft zu erwerben ist. Die chemische Analyse hat das bestätigt. Das eigenartige Aussehen rührt daher, daß sie der fast dem absoluten Nullpunkt nahekommenden Temperatur der Mondoberfläche ausgesetzt waren. Man kann jederzeit nachweisen, daß jedes gewöhnliche Schreibpapier, das in einen Onnes-Heliumverflüssiger oder ein ähnliches Gerät gelegt wird, rasch dasselbe Aussehen annimmt.

Dieser Punkt wird besonders hervorgehoben, weil das ›unirdische‹ Papier als entscheidender Beweis dafür angeführt wurde, daß Leutnant Butlers Erzählung wahr sei. In Wahrheit gibt es keinen am Rhododendron-Projekt tätigen Wissenschaftler, der nicht der Meinung zustimmen würde, es handele sich um eine Erfindung, von Leutnant Butler in einem Zustand des Deliriums infolge Sauerstoffmangels niedergeschrieben.

Die Dokumente stellen keine fortlaufende Erzählung dar, sondern sind eine Folge von Fragmenten, die sich auf dasselbe Ereignis oder dieselbe Ereignisfolge zu beziehen scheinen. Sie sind undatiert und offenkundig in großer Hast beschrieben. Die Handschrift, obschon erkennbar die von Leutnant Butler, steht in auffälligem Gegensatz zu der Regelmäßigkeit seiner Schriftzüge im Fluglog. Die Dokumente geben vor, seine Begegnung mit ›Bewohnern‹ des Mondes und sein Hinuntersteigen mit ihnen in ihr Land unter der Mondoberfläche zu beschreiben.

Meine überlegte Schlußfolgerung (zur selben sind mit geringen Abweichungen siebenundzwanzig hochgeachtete Wissenschaftler gelangt, die Anhang E gele-

sen und Einzelblätter der Originale gesehen haben), meine Schlußfolgerung also ist diese: Bei den Dokumenten handelt es sich um das bedrückende Vermächtnis der letzten achtundvierzig oder zweiundsiebzig Stunden im Leben von Leutnant Butler, als sein Sauerstoffvorrat zur Neige ging. Ohne Zweifel rationierte er den Sauerstoff auf das Minimum, das zur Erhaltung des Lebens erforderlich war, in der Hoffnung, Hilfe zu erhalten. Er wußte, daß Projektil Zwei bald folgen sollte. Es war ihm gelungen, ein Notsignal abzusetzen, das bestätigt werden konnte, auf eine Art und Weise, die hier allerdings nicht geschildert werden kann.

Die berauschende Wirkung, die sich aus einer Unterversorgung mit Sauerstoff ergibt, ist bekannt. Unter dem Einfluß dieses Rausches begann Leutnant Butler sich vielleicht mit den phantastischen Geschichten über Mondbewohner zu befassen, die er als Junge gelesen hatte. Leicht zu sehen, wie Wunschdenken solche Vorstellungen fördern mußte. Die Zunahme des Rauschzustandes und die Lähmung der Urteilskraft mußten wohl zwangsläufig zu den Halluzinationen führen, die in Anhang E wiedergegeben sind. Zuletzt entfernte er sich, Opfer seiner eigenen Wahnvorstellungen, ohne Zweifel von der Absturzstelle, um die ›Mondbewohner‹ zu suchen. Es konnte nur eine Frage der Zeit sein, bis er in eine von vielen hundert zerklüfteten, tiefen Schluchten stürzte, die das Projektil umgeben. Dabei wurde sein Atemgerät beschädigt, was seinen raschen Tod herbeiführte.

Es mag nützlich sein, kurz die wissenschaftlichen Gründe für die Ausschließung der Möglichkeit aufzuführen, daß Butlers Bericht der Wahrheit entsprechen könnte:

1. Es ist praktisch nachgewiesen, daß es auf der Mondoberfläche weder Atmosphäre noch Feuchtigkeit gibt. Ohne diese beiden Umweltbedingungen kann kein Leben bekannter oder unbekannter Art existieren.

2. Die Möglichkeit einer bewohnbaren inneren Hohlwelt im Mond läßt sich nicht rundweg ausschließen. Nach allem jedoch, was Astronomie und Geologie wissen, stehen die Chancen für das Vorhandensein einer solchen Formation im Mondinneren 1 : 30 Milliarden.

3. Selbst wenn es diese außerordentlich unwahrscheinliche Formation gäbe, müßte sich jede Art von Leben, die sich in einer Lunarhöhle entwickelt, von der terrestrischen Form kraß unterscheiden. Geringere Schwerkraft, ständige Dunkelheit unter der Oberfläche und Temperaturschwankungen, die irdisches Leben in einem einzigen Tag vernichten könnten – um nur die naheliegendsten Faktoren zu erwähnen – würden eine Entwicklung natürlicher Zuchtwahl erzwingen, die mit der auf der Erde keinerlei Ähnlichkeit haben könnte. Der Gedanke, daß auf dem Mond menschenähnliche Wesen existieren könnten, erledigt sich von selbst. Weitere wissenschaftliche Schwierigkeiten, die sich auf bestimmte Abschnitte und Stellen des Textes beziehen, wären in großer Zahl zu nennen und könnten wohl bis zu hundert erreichen.

Die offizielle Schlußfolgerung, die es zu ziehen galt, war eine schmerzhafte. Eine lange Huldigung an Leutnant Butler wäre hier unangebracht, aber es kann keinen Zweifel daran geben, daß dieser junge Mann, der sich einen Platz in den Geschichtsbüchern erworben hat, jeden nur denkbaren Rettungsversuch wert gewesen ist. Der Start von Projektil Zwei wurde zu diesem Zweck um siebzehn Tage vorverlegt, was ein erhöhtes Risiko für den Piloten bedeutete. Überdies bestand die Gefahr, daß das Projekt durch übermäßige Kosten weit zurückgeworfen werden würde. Die Marine hatte zur damaligen Zeit kaum Hoffnung, Butler noch lebend vorzufinden, aber man ließ sich ohne Rücksicht darauf auf dieses Wagnis ein. Die Ergebnisse der Erkundung durch den zweiten Piloten machten vom Blickwinkel der Marine und der zivilen Wissenschaftler der Sache ein Ende.

Die Fragmente, die Anhang E darstellen, sind von einem Reserveoffizier, Leutnant William T. Dawes, zusammengestellt und redigiert worden. Leutnant Dawes ist Schriftsteller und übernahm den Auftrag auf Bitten von Konteradmiral Fall, dem Chef des Marine-Informationsamtes. Leutnant Dawes hat zwischen manchen Textbruchstücken verbindende Worte eingefügt, um die Dinge zu verdeutlichen. Sie sind kursiv gesetzt, um sich von Leutnant Butlers eigenen Worten klar zu unterscheiden. Abgesehen davon enthält Anhang E nichts als Leutnant Butlers Dokumente – unzensiert, ungekürzt und mit größter Sorgfalt übertragen.

Man darf hoffen, daß die Veröffentlichung von Anhang E die bedauerliche Situation klärt, die durch den ›St. Louis Journal-Herald‹ hervorgerufen wurde, und wenigstens zum Teil die berechtigte öffentliche Neugier über das schwerkraftnegierende Antriebsprogramm der Marine befriedigt, bis der vollständige Bericht ohne Gefahr für die nationale Sicherheit freigegeben werden kann.

Ein letztes Wort der Warnung erscheint notwendig, da manche Stellen in den ›Lomokoma‹-Dokumenten in hohem Maß lebensecht wirken. Die Öffentlichkeit muß stets daran denken, daß nur wenige normale Menschen so überzeugend sein können wie jemand, der völlig einem Wahn verfallen ist. Die entwaffnende Kunstlosigkeit und beliebige Offenheit von Leutnant Butlers Erzählung üben eine größere Wirkung aus als die Kunst des Romanautors bei der Suche nach der Darstellung der Realität. Der Leser muß sich immer wieder die wissenschaftlichen Einwände ins Gedächtnis rufen, die ich oben aufgeführt habe, um die Dinge im richtigen Licht sehen zu können.

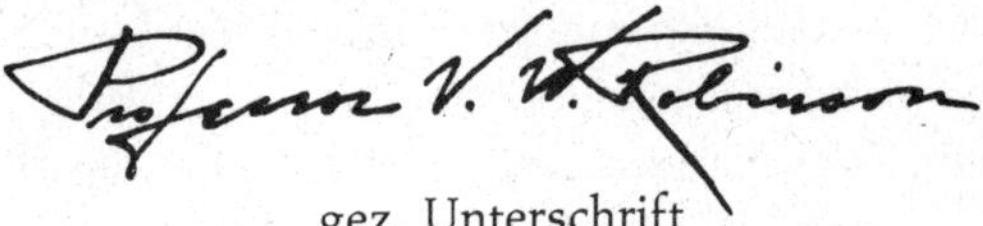

gez. Unterschrift

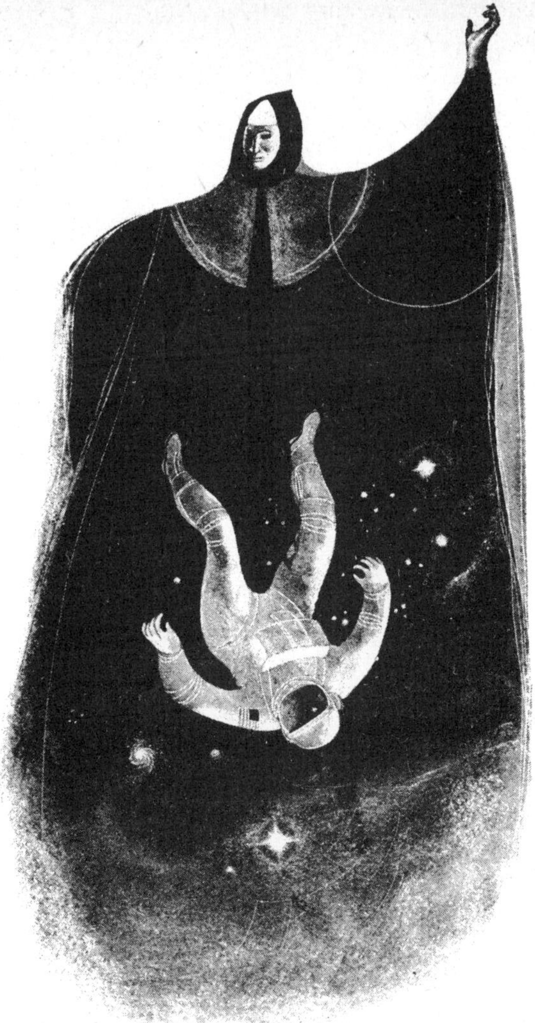

Vorbemerkung des Herausgebers

Der Pilot, der die ›Lomokome‹-Dokumente geborgen hat, ergriff die vernünftige Vorsichtsmaßnahme, mit Bleistift das Hauptkonvolut fortlaufend zu numerieren, soweit es in Butlers Fluglog gefunden wurde, und die verstreuten Blätter dann anzufügen. Bei genauer Untersuchung war jedoch festzustellen, daß die so numerierten Blätter in ihrer ursprünglichen Reihenfolge keinen Sinn ergaben.

Sie zu einer klar fortlaufenden Erzählung zusammenzustellen, hat sich als unmöglich erwiesen. Gleichgültig, wie man die Blätter auch umstellen und neu sortieren mag, es ist nicht möglich, einen Zusammenhang von Anfang bis Ende herzustellen. Ein erschöpfender Vergleich ›letzter‹ und ›erster‹ Worte auf allen Blättern, durchgeführt von einer großen Schar von Marineangehörigen, hat das bewiesen.

Die jetzige Anordnung wurde nach ausführlichen Untersuchungen und Vergleichen mit den von anderen Personen entdeckten ›Schemata‹ vorgenommen. Sie unterscheidet sich in einigen wesentlichen Punkten von der Sequenz, die bei der Marine angelegt wurde, bevor man mir den Auftrag zur Redigierung erteilte. Der Herausgeber übernimmt die Verantwortung für auffällige Unrichtigkeiten oder irreführende Eindrücke, die durch die hier vorgelegte Version entstehen mögen.

William T. Dawes, Lt., USNR

Die ›Lomokome‹-Dokumente

1

[*Ankunft in ›Lomokome‹*
Erste Eindrücke: Vier Fragmente]

... schon viel vergessen.

Eigentlich hätte ich die ganze Zeit über Tagebuch führen sollen, jeden Tag und jede Stunde. Aber dafür ist einfach zuviel geschehen. Außerdem wußte ich lange nicht, ob die nächste Stunde nicht auch meine letzte sein würde. Am Leben zu bleiben, schien wichtiger zu sein, als Tagebuch zu führen. Nachdem sich herausgestellt hatte, daß sie mich nicht umbringen wollten, wurde mein Interesse an den Vorgängen wohl ein wenig zu groß. Ich weiß nicht, wie lange diese Periode erzwungener Untätigkeit (rein technisch gesehen, bin ich nicht eingesperrt) anhalten wird. Aber ich nutze sie wohl am besten auf die uralte und ehrenhafte Weise der Marine, das Logbuch lange nach den Ereignissen auf den neuesten Stand zu bringen.

Ich weiß nicht, ob jemals irgendein Mensch diese Aufzeichnungen zu Gesicht bekommen wird. Ich werde mich nicht mit der amtlichen Terminologie abgeben, obwohl sicherlich alles, was geschehen ist, unter die Rubrik ›Rekognoszieren nach den Möglichkeiten‹ fallen dürfte. Falls ich je zurückkehre, kann ich das Ganze nach den amtlichen Bedürfnissen zurechtstutzen.

Als erstes will ich meine Umgebung beschreiben. Ich bin, ja, sagen wir, Gast im Haus eines berühmten Wissenschaftlers namens Vove, der den Ehrentitel ›Kaham‹ trägt. Bei ihm lebt eine Tochter Vovone. Von ihr später mehr. Im Augenblick sitze ich in einem der kargen, kalten, luftigen Räume, die ...

[*Anmerkung des Herausgebers: Hier handelt es sich um eine starke Unterbrechung im Fluß der Erzählung. Sie fährt fort mit einem fragmentarischen Bericht von Leutnant Butlers angeblichem Eintreffen in den bewohnten Mondhöhlen.*]

... den Rest des Weges zu Fuß. Aber es war nicht weit.

Die ›Straßen‹ sind natürlich Tunnels, gepflastert und hell beleuchtet. Manche scheinen natürliche Höhlengänge zu sein, weil von den Decken groteske Stalaktiten herabhängen. Andere Passagen sind mit glatten Wänden in den Fels getrieben. In regelmäßigen Abständen finden sich an der Decke Ringe von glühendem, nacktem Metall, die ein kaltes, orangerotes Licht geben, ähnlich wie Natriumlampen. Die Luft ist sehr trocken und so kalt, daß man die Atemwolken sieht. Ich schätze, daß die Temperatur weit unter dem Gefrierpunkt liegt, habe aber keine gefrorenen Pfützen oder Teiche gesehen, so daß ich keine Gewißheit habe. Die Höhlen sind knochentrocken.

Nachdem wir fünf Minuten lang gelaufen waren, klapperten meine Zähne. Sie bemerkten es endlich, und ein Bewacher warf mir eine der orangeroten Roben über die Schultern. Die Wirkung war verblüffend. Ich fühlte mich nach nur einer Minute vollkommen behaglich.

Wenn ich jemals wieder nach Hause komme, muß ich von dem Stoff eine Probe mitbringen. Er wäre ideal für Kriegsführung unter arktischen Bedingungen. Er besteht zur Gänze aus anorganischen Mineralien, wie man mir erklärte, ist aber nicht schwerer als Leinen.

Als wir uns der Stadtmitte näherten, tauchten mehr Leute auf. Sie trugen alle diese orangefarbenen Gewänder, die den Körper vom Kopf bis zum Fuß bedecken, ganz wie eine Mönchskutte. Die Leute eilten alle in dieselbe Richtung wie wir. Sie strömten aus den Häusern, die auf beiden Seiten des Tunnels in das Gestein gehauen waren. Die Häuser wiesen Fassaden mit eigenartigen Zickzackmustern geometrischer Prägung auf. In den Tunnels gab es keine Fahrzeuge. Alles ging zu Fuß. Unsere Gruppe wurde nicht beachtet. Die Tatsache, daß ich einen Kopf kleiner war als alle anderen, führte kaum zu einem Seitenblick. Nach etwa zehn Minuten Fußmarsch traten wir in einen riesenhaften Raum, der Zentralhöhle genannt wird.

Das ist ein unregelmäßig geformtes Gewölbe, etwa eine Meile lang, an der breitesten Stelle vielleicht eine halbe Meile breit. Die Decke befindet sich in solcher Höhe, daß sie sich im Dunkeln verliert, sieht man von einigen gigantischen Stalaktiten ab, die fast bis zu den Hausdächern herabreichen. Das Hauptgebäude, das alles beherrscht, ist der sechseckige Palast der Magnatendenker (den Namen erfuhr ich natürlich erst viel später). Er ist höher und größer als die sieben Gebäude ringsum, aber am stärksten sticht er durch das beschriftete Schild auf seinem Dach hervor. Es ist die größte Leuchtschrift, die ich je gesehen habe. Die am Times Square von New York schrumpft daneben zur Bedeutungslosigkeit zusammen. Man sieht keine bewegten Schriftzüge oder Figuren, sondern nur die eckigen Buchstaben ihres bogenlosen Alphabetes, gebildet aus Stäben von leuchtendem Metall so dick wie Stahlträger. Ich schätze, daß jeder Buchstabe sechzig bis neunzig Meter hoch ist. Die Schrift umgibt das ganze Dach. Vovone hat sie mir kürzlich übersetzt. Es ist der Leitspruch ihres Staates: ALLER WASSERSTOFF GEHÖRT DEM GANZEN VOLK. Diese Schrift beleuchtet die ganze Höhle mit einem alptraumhaft grellen Orange, das an den Außenrändern langsam in Schwärze übergeht, wo Ringe von glühendem Metall das verblassende Licht ergänzen. Man kann die Schrift selbst kaum betrachten, so grell ist sie.

Die Leute drängten sich vor einem anderen Bauwerk (dem Gebäude der kleineren Aufgabe, wie ich später erfuhr), wo ein großes, schillerndes ...

[*Anmerkung des Herausgebers: Unterbrechung im Text.*]

... mir die Sprache und alles über mich erfahren, was er kann. Das waren die Befehle, die Kaham Vove erhielt. Er ist ein bedächtiger, methodischer alter Herr und führte die Anweisungen streng und gründlich aus, bis er festgenommen wurde. Während er Kriegsdienst leistete, vertrat ihn Vovone gut.

Wenn ich über ihre grünliche Haut hinwegsehen und ihre staubtrockene Art und meine ganze traurige Situation unbeachtet lassen könnte, wäre Vovone für mich doch wohl reizvoll. Nach den hier geltenden Maßstäben ist sie klein, aber immer noch zwei, drei Zentimeter größer als ich. Ich hatte immer eine Vorliebe für hochgewachsene Mädchen, also stört mich das nicht. Sie hat große, humorvolle braune Augen, lange, braune Haare und gutgeschnittene Gesichtszüge. Ihre Figur ist ein wenig sehr schlank und athletisch, wenn man nach unseren Maßstäben geht, aber auch das entspricht meinem Geschmack. Vielleicht macht sich bei mir auch nur die Einsamkeit bemerkbar. Das Ganze hat aber nichts zu besagen. Sie zeigt an mir soviel Interesse wie an einem wilden Tier, das sie zu zähmen versuchen will – Vorsicht, Barschheit und eine gewisse Gutmütigkeit, wenn ich etwas richtig mache. Das ist alles.

Sie haben mir zwei Zimmer gegeben, die auf die ›Straße‹ hinausgehen. Eines ist eine Art Arbeitszimmer, das . . .

[*Anmerkung des Herausgebers: Unterbrechung im Text.*]

2

[*Die Zeit in ›Lomokome‹ – drei Seiten*]

. . . Sonnenlicht. Sie gieren danach. Die großen Systeme aus Linsen und Spiegeln sind technische Leistungen von ebensolcher Kompliziertheit und eindrucksvoller Kraft wie unsere Aquädukte zu Hause. Sie speisen Sonnenlicht in Häuser und Gebäude wie wir das Wasser. Das grelle Licht im Haus störte mich in der ersten Woche sehr. Ich trug, durchaus zur Belustigung der anderen, meine Sonnenbrille. Jetzt habe ich mich an das Grelle gewöhnt.

Ich glaube, das Licht, das sie selbst noch nach der Umspiegelung erreicht, ist stärker als unser natürliches Sonnenlicht, weil es auf der Mondoberfläche keine Atmosphäre gibt, die das Licht streut. Das ganze Spiegelsystem wirkt im Vakuum. Man sagt mir, daß sie in den Großlinsen auf der Oberfläche, die bis zu einer halben Meile Durchmesser aufweisen, eine kristalline organische Verbindung verwenden, die alle Sonnenstrahlen durchläßt. Ich glaube ihnen das, da ich sehr braun werde. Das war wohl das letzte, womit ich gerechnet habe, als sie mich vor drei Monaten in den schwarzen Tunnel am Kraterrand hinunterzerrten.

Drei Monate auf den Tag genau, wie ich glaube.

Ich bin fast sicher, daß heute der 26. August 1954 ist. In den ersten Wochen hier unten hatte ich das Gefühl für die Erdzeit verloren. Vovone erklärte mir ihr Zeitsystem schließlich, und durch den Vergleich der beiden

Kalender mit dem Tag meiner Gefangennahme konnte ich berechnen, welcher Tag heute sein muß.

Sie haben keine Stunden, sondern umständliche Unterteilungen des Tages nach dem Dezimalsystem. Ihr Tag ist derselbe wie der unsrige, eine Erdumdrehung. Auf den ersten Blick erscheint es unnatürlich, daß sie sich einer solchen Einteilung bedienen. Die rasche Drehung der Erde ist aber an ihrem Himmel der auffälligste Vorgang, weit mehr als der Durchgang der Sonne, was endlose fünfzehn Tage dauert. Sie verwenden einen Lunarmonat von neunundzwanzig Tagen mit einem komplizierten System zwischengeschalteter Feiertage, damit ein Ausgleich stattfindet. Ihre lange Zeiteinheit, *Hasan* genannt, ist eine Periode von neunzehn Jahren. Ein Jahr bedeutet ihnen nichts. Ich erinnere mich, daß ich als Kadett in Annapolis einen jüdischen Zimmerkameraden hatte. Er erzählte mir, der religiöse Mondkalender der Juden stimme mit dem Sonnenkalender alle neunzehn Jahre überein. Vielleicht erklärt dieses Verhältnis die seltsame Länge des *Hasan*.

Sie haben zehn Monate, die sich im Verlauf des *Hasan* zyklisch wiederholen. Bei jeder Wiederholung erhalten die Monate neue Nummern. So ist heute der 7. Vislek-19 im *Hasan* 1634. Diese Zahl des *Hasans* wird, wenn man mit 19 multipliziert, erstaunlich hoch und zeigt an, daß die Geschichte von Lomokome mindestens 31046 von unseren Jahren zurückreicht.

Eine der ersten Fragen, die ich Vovone stellte, war die nach dem Ereignis, von dem ab der Kalender datiert. Sie erwiderte: »Vom *Ayziet*.« Das Wort bedeutet fast dasselbe wie ›Exodus‹ in unserer Sprache. Dann berichtete sie in groben Umrissen von ihrer Altgeschichte, die wie die japanische in phantastische Legendenzeit zurückreicht. Diesen Unterschied gibt es aber: Sie versicherte mir, es gäbe dokumentarische Beweise für alle Ereignisse, den *Ayziet* eingeschlossen.

(Ich habe nicht die Absicht, mich in diese Einzelheiten zu verirren, aber sobald ich von den Lomokomiern spreche, scheint eines zum anderen zu führen. Ich will versuchen, ihre Geschichte in einen Absatz zu pressen und dann wieder über die laufenden Ereignisse zu berichten.)

Laut Vovone ist die Lomokome-Rasse eigentlich eine alte Kolonie von . . .

[*Anmerkung des Herausgebers: Von allen Unterbrechungen im Text ist das die unerfreulichste.*

Selbst wenn man einräumt, daß der Erzählung eine systematische Wahnvorstellung zugrunde liegt, ergreift einen doch heftige Neugier, was den Ursprung der phantomhaften ›Lomokomier‹ angeht.

Nach Meinung des Herausgebers hätte der letzte Satz enden müssen ›von der Erde‹. Die Dienststellen der Marine stimmen dieser Ansicht nicht zu. Mir fällt aber keine andere Möglichkeit ein, wie Leutnant Butler die offenkundig menschliche Erscheinung und Eigenheiten der ›Lomokomier‹ hätte erklären können. Sie werden zwar nirgends ausdrücklich behauptet, aber durchweg angenommen. Ich glaube, der ›Ayziet‹ hätte sich herausgestellt als der Exodus von der Erde durch Pilger einer verlorenen, vorzeitigen Zivilisation, die bis zur Raumfahrt gelangt war.

Captain William Podell, USN, Chef der Pychiatrie bei

der US-Marine, vertritt die Meinung, Butlers Einfallskraft habe ihn hier im Stich gelassen, weshalb er einfach abgebrochen und seine Tagträumereien an einer einfacheren Stelle fortgesetzt habe. Captain Podell stellt fest, daß das bei psychopathischen Phantasie-Erfindungen häufig vorkomme.

Das stimmt mit der Grundtheorie der Marine überein: In Wahrheit gebe es nur wenige oder gar keine fehlenden Dokumente. Butler habe das, was wir besitzen, in kurzen Ausbrüchen halber Besinnung zwischen Lähmung oder Delirium hingeschrieben und seine Phantasie beliebig fortgesponnen, ohne auf Zusammenhänge zu achten. Ich neige im Gegenteil zu der Ansicht, daß es Hunderte verschwundener Blätter geben mag, die Leutnant Butler mit in den Tod genommen hat. Diese Frage wird wohl niemals entschieden werden.

Wir kommen nun zum Hauptkonvolut des fortlaufenden Materials, das ich wegen der Übersichtlichkeit in mehrere Abschnitte aufgeteilt habe. Es gibt keine anderen Blätter, die sich auf seine ersten Eindrücke beziehen. Wir werden in den Fluß der Erzählung mitten hineingestellt.]

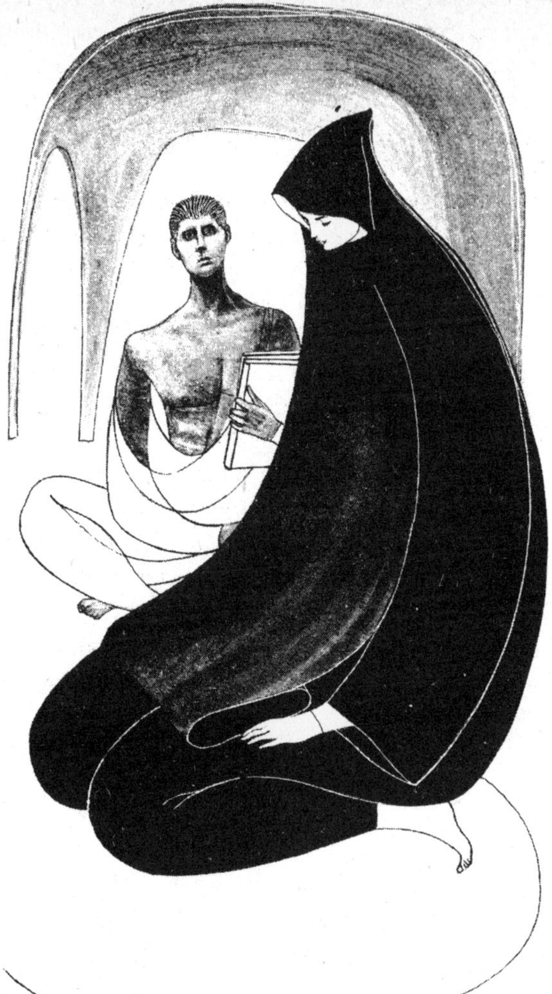

[*Krieg in ›Lomokome‹*]

. . . recht angenehm, nur ist es ohne den Kaham und Vovone hier ein bißchen trostlos. Die ›Diener‹ wurden, wie das jeden Monat einmal geschieht, ausgewechselt. Diesmal sind alle drei Männer und kräftig. Es wird nicht davon gesprochen, daß sie mich bewachen, aber genau das tun sie. Mich stört das nicht. Ich kann nirgends hin und habe nichts zu tun, bis Vovone und ihr Vater zurückkommen. Selbst wenn ich entfliehen würde, könnte ich ohne Sauerstoffanzug, den ich nicht besitze, nicht an die Oberfläche zurück. Es wäre großes Pech, wenn Projektil Zwei erschiene, solange ich hier unten festsitze. Aber nach meiner Vermutung können sie es vor dem 1. November nicht starten. Bis dahin hoffe ich mit Hilfe des Kahams erreicht zu haben, daß man mich wieder an die Oberfläche läßt.

Ich weiß kaum, wie ich die Gründe für die Verhaftung von Vovones Vater schildern soll. Das geht eigentlich gar nicht, ohne lange Abschnitte aus dem Buch von Ctuzelawis zu zitieren. Als der Krieg anfing, gab sogar Vovone es auf, mir das erklären zu wollen, und überreichte mir einfach das Buch. Erst nachdem ich es gelesen und noch einmal gelesen und die Rekrutierungsstellen und die Aufgaben-Räte-Gebäude besucht und die Todeshöhle gesehen hatte, begann ich zu begreifen, was vorging, und es wenigstens halb zu glauben. Manches erscheint mir immer noch wie ein Traum.

Die ganze Konzeption vom Tag des Todes ist so entsetzlich und ausgefallen, daß ich mir immer noch nicht sicher bin, ob dieser Teil nur eine Allegorie oder Wirklichkeit ist. Der Grund für die Verhaftung von Kaham Vove ist schlicht der, daß geklärt werden soll, ob er für den Tag des Todes in Frage kommt oder nicht.

Ich will versuchen, das Ganze genau so zu beschreiben, wie es sich mir dargestellt hat. An den passenden Stellen zitiere ich Ctuzelawis, falls ich nicht den Schreibkrampf bekomme.

Lange, bevor ich die Sprache im Hypnoseschlaf richtig gelernt hatte, gleich nachdem sich aus ihrem Geschnatter ein wenig Sinn ergab (das war im Juni, wie ich glaube), kam mir zum Bewußtsein, daß unter den Mondbewohnern ein Krieg begonnen hatte oder jedenfalls kurz bevorstand. Der Krieg beanspruchte einen großen Teil des Gesprächs zwischen Vovone und Kaham Vove.

Was mich verblüffte, war die Tatsache, daß Vovone schreckliche Angst davor zu haben schien, ihr Vater würde in den Kampf ziehen müssen. Der Kaham ist gebeugt, schwach und alt, offenkundig auf militärischem Gebiet nicht von Nutzen. Mehr noch: Er gehört zu den Großen der Nation. Der Titel ›Kaham‹ wird den achtunddreißig lebenden Lomokomiern verliehen, die in der Wissenschaft herausragen. Einen neununddreißigsten kann es nicht geben; bevor ein neuer Kaham ernannt werden kann, muß ein alter gestorben sein. Ich befinde mich im Gewahrsam von Kaham Vove, damit er der Nation einen Bericht vorlegen kann, nachdem er sich ausführlich mit mir befaßt und mich befragt hat.

Nach alledem erschien es mir so unmöglich, daß Kaham Vove würde kämpfen müssen, als hätte man daheim auf der Erde Einstein oder Bernard Shaw zur Infanterie eingezogen. Der Kaham lachte Vovone aber nicht aus. Am Ende der Gespräche versicherte er, soweit ich das verstehen konnte, immer wieder, er wollte antreten und fürchte sich nicht vor dem Sterben – eben das, was junge Rekruten zu sagen pflegen, wenn sie ins Feld müssen und ihre angstvollen Eltern beruhigen wollen.

Was mich besonders stark behinderte, ihren Gesprächen über Kriegsdinge zu folgen, war der ständige Gebrauch von Ausdrücken, die mir als purer Unsinn erschienen. Sie unterhielten sich stundenlang in sorgenvollem Ton über Dinge wie Hauptaufgaben und Kleinere Aufgaben und Abstrakte Operationen. Diese Bezeichnungen hörte ich immer wieder, daneben ebenso oft: Berechnete Waffen, Moralisches Endergebnis, Todeslisten und anderes, das ebenso sinnlos klang.

Ich erfuhr, daß der Feind ein Land mit dem Namen Lomadine sei. Bis zu diesem Zeitpunkt hatte ich noch keinen Unterricht in ihrer neuesten Geschichte erhalten, so daß ich über die Ursache der Feindseligkeit nichts wußte. Ich gab mir während der folgenden Wochen große Mühe, zu lauschen, wo ich konnte. Obwohl sich die Schwierigkeiten mit der Sprache bei mir rasch auflösten, wuchs mein Verständnis der Gespräche über den Krieg nicht.

Eines Tages erschien im Haus des Kahams ein Bote. Er trug das orangerote und weiße Gewand des Staatsbediensteten. Er betrat das Zimmer, in dem der Kaham, Vovone und ich unsere erste Mahlzeit nach dem Schlafen einnahmen (seltsamerweise die Hauptmahlzeit des Lomokome-Tages). Der Bote überreichte dem Kaham eine schriftliche Mitteilung. Der Kaham las sie, wurde tiefernst und gab sie an Vovone weiter. Sie verließ den Raum und kam kurze Zeit später mit einem kleinen Gepäckstück zurück, das sie dem Boten übergab. Es enthielt Kleidung für den Kaham.

Der Kaham teilte mir mit, er melde sich zum Kriegsdienst. Er entschuldigte sich dafür, nicht in der Lage gewesen zu sein, meine Ausbildung abzuschließen. Ich sei aber für jede Tätigkeit in Lomokome inzwischen einigermaßen gerüstet. Unvollständig sei lediglich ein wesentlicher Punkt meiner Ausbildung, wie er erklärte, nämlich die politische Unterweisung. Er habe gehofft, diesen schwierigen Teil selbst bewältigen zu können. Nun würde ich sie aus den Büchern allein gewinnen müssen, unterstützt von Vovone. Er entfernte sich zusammen mit dem Boten, nachdem er Vovone erklärt hatte, ich solle sofort ein Lehrbuch über moderne Geschichte für Schulkinder und dann das Buch Ctuzelawis lesen. Ich erinnere mich noch genau an seine letzten Worte zu mir. Sein faltiges Gesicht begann zu erstrahlen, und er sagte: »Du wirst Ctuzelawis nicht auf Anhieb verstehen. Laß dich nicht entmutigen. Er war der Erlöser unserer Welt und wohl das weiseste und humanste Wesen, das dieses Universum je gesehen hat.«

Vovone verlor keine Zeit. Sie führte mich nach seinem Fortgang sofort in den Leseraum und schob eine Mikrorolle in das Lesegerät. (Diese Lesemaschinen, die für mein Gefühl viel besser sind als Bücher, sehen aus wie kleine Kameras. Sie können Gedrucktes an die

Wand werfen oder ein Buch laut vorlesen oder beides tun. Die Bücher sind durchsichtige, zusammengerollte Streifen, auf denen sowohl Druck und Ton aufgezeichnet sind. Vier Jahre Studium in Annapolis könnten auf zwei Dutzend dieser Rollen untergebracht werden. Alle zusammen wiegen nicht einmal soviel wie eines unserer Chemie-Lehrbücher.)

Danach war Vovone für meine Ausbildung verantwortlich. Sie ging sehr gewissenhaft vor, mit einer Art frostiger Gutmütigkeit. Wir waren viel zusammen, nur wir beide, ganz allein im Haus (abgesehen von den Dienern). Die Frage nach einer Anstandsperson schien sich jedoch nie zu stellen. Man brauchte sie nicht. Ich wäre mir vorgekommen wie ein Schüler, der seiner Geschichtslehrerin Avancen macht, obwohl wir, wie ich mir ausgerechnet habe, im Alter ungefähr gleich sind.

Bis der Kaham vor zwei Wochen zurückkehrte, war ich über den Krieg gut informiert. Es machte mir viel Vergnügen, ihm Fragen zu stellen und über das erstaunliche Buch Ctuzelawis zu debattieren. Als er bald danach verhaftet wurde, war das für mich in der Tat ein schwerer Schlag. Wir standen uns freundschaftlich gegenüber. Er hatte mir viele Erkenntnisse über sein Volk vermittelt. Ich war guter Hoffnung gewesen, er werde mir zuletzt die Erlaubnis verschaffen, zum Projektil zurückzukehren und es mit Hilfe von anderen instandzusetzen. Diese Hoffnung habe ich noch nicht aufgegeben. Vielleicht wird er freigelassen.

Um zu erklären, weshalb er verhaftet wurde, muß ich von den Kriegen zwischen Lomokome und Lomadine berichten. Ich habe das immer wieder hinausgeschoben.

Das Ganze ist so unbegreiflich, daß ich nicht weiß, wo ich anfangen soll.

Die Geschichte von Lomokome und Lomadine, die ich aus den Schulbüchern entnommen habe, war ganz offensichtlich zugunsten von Lomokome gefärbt. Ich kann nicht dafür garantieren, daß der Überblick, den ich hierher setze, wirklich genau zutrifft. Da ich seither einige Rollen gelesen habe, die für erwachsene Leser gedacht sind (eine oder zwei auch ohne Vovones Wissen), sind meine Kenntnisse vertieft worden, aber eine unparteiische Darstellung von Lomadine habe ich nirgends gefunden.

Die beiden Nationen haben sich den Mond seit dem *Hasan* 1531 untereinander aufgeteilt. Das ist nach unserer Zeitrechnung etwa um Christi Geburt gewesen. Die Mondgeschichte vor dieser Zeit wird gekennzeichnet von den furchtbarsten Kriegen. Im *Hasan* 1530 verbündeten sich Lomokome und Lomadine erfolgreich, um Lozain zu vernichten, eine zivilisierte, wissenschaftlich hochstehende Nation, die mächtigste auf dem Mond, deren Angehörige sonderbarerweise Kannibalen waren – wirklich und wahrhaftig Kannibalen. Daran kann es keinen Zweifel geben. Ich habe Vovone viele Fragen dazu gestellt. Es war bei ihnen üblich, Kannibalismus zu treiben.

Alle großen Kriege in vorangehenden *Hasans* waren von Lozain begonnen worden, alle zum Zweck des Kannibalismus, einmal gegen das eine, dann gegen das andere Land. Die Kannibalen hatten die größte politische Geschicklichkeit darin bewiesen, rivalisierende Nationen gegeneinander auszuspielen. Sie pflegten mit ei-

nem Land vorübergehend ein Bündnis abzuschließen, während sie ein anderes überfielen, um lebendes Inventar für sich zu beschaffen. Im nächsten *Hasan* griffen sie dann ihre damaligen Verbündeten an und schlossen Pakte mit ihren früheren Feinden. So unglaublich es auch klingen mag, diese Übung blieb mehrere Jahrhunderte lang erfolgreich. Die Kannibalen vernichteten die meisten Nationen auf dem Mond oder verschlangen ihre Angehörigen, um es genauer zu sagen. Schließlich fühlten sie sich so mächtig, daß sie Lomokome und Lomadine gleichzeitig angriffen, die beiden verbliebenen Großmächte, die einander selbst seit langer Zeit feindselig gegenüberstanden. Die Kannibalen hatten das über mehrere Generationen hinweg geschickt ausgenützt, verschätzten sich diesmal aber doch. Nach dem blutigsten Krieg in der Mondgeschichte (bis zu dieser Zeit) waren die Kannibalen besiegt. Die Sieger rotteten die erwachsenen Kannibalen aus, schleiften ihre Städte und verstreuten die jungen Überlebenden auf den Gebieten der Sieger. Lozain hörte auf zu bestehen.

Trotzdem folgte kein Friede. Lomokome und Lomadine, die den ganzen Mond unter sich aufteilen konnten, begannen einander zu beschuldigen, Kannibalen wie die ausgerotteten Lozainier zu sein, und gerieten über tausend Grenzstreitigkeiten nebensächlicher Art aneinander. Jedenfalls sehe ich das so.

Das lomokomianische Schulbuch behauptet, Lomadine habe eine Reihe unglaublicher und aggressiver Forderungen erhoben und umstrittene Gebiete besetzt, wobei man so kannibalisch vorgegangen sei wie früher die Leute von Lozain.

Das Schulbuch räumt aber widerstrebend ein, es sei nicht gerecht, die Lomadiner im selben Sinne als Kannibalen zu bezeichnen, wie es die Lozainier gewesen waren. Ihre Glaubenssätze und ihre Regierungsform hätten zwar auffallende Ähnlichkeit mit der Kultur der Kannibalen, vermutlich esse man aber doch kein Menschenfleisch. Ich nehme an, daß diese vernünftige Ansicht fast ausschließlich auf den Einfluß von Ctuzelawis zurückzuführen ist und daß vor seiner Zeit beide Seiten wirklich glaubten oder zu glauben vorgaben, ihre Feinde seien in der Praxis echte Lozainier.

Zwischen den beiden Nationen kam es zu einer Folge von Kriegen, genannt die Großen Kriege. Sie wurden mit jeder Generation grauenhafter. Die *Hasans*, die unserer frühchristlichen Zeit entsprechen, waren auf dem Mond ein Zeitalter großartiger wissenschaftlicher Leistungen. Beide Seiten entwickelten im selben Krieg die Uranbombe. Das war in unserem Jahr 347 n. Chr. Sie wurde bald durch gewaltigere Nuklearbomben ersetzt.

Im Vierten Krieg produzierte Lomokome eine Stickstoffwolke, durch Fernsteuerung spaltbar. Man könnte das den echten Gipfelpunkt nennen. Damit man eine Vorstellung davon bekommt: Eine einzige Stickstoffwolke könnte den ganzen Bundesstaat Massachusetts vernichten. Die Wirkung einer solchen Waffe wurde dadurch gesteigert, daß sie in den riesigen Höhlen, dem bewohnbaren Teil des Mondes, eingesetzt wurde, statt im freien Raum, wo sie sich leicht zerstreuen konnte. Interessanterweise setzte Lomokome gegen Lomadine vor der Kapitulation *siebenunddreißig* Stickstoffwolken ein. Unfaßbar. In Jahrhunderten der Kriegsführung mit Nuklearwaffen entwickelten die Mondbewohner jedoch Methoden zur Abwehr und Überlebenssicherung. Manche Kommentatoren zu Hause glauben, die Wasserstoffbombe bedeute das Ende des Krieges. Solange man aber die Lust am Kämpfen nicht verliert, werden die Menschen wohl weiterkämpfen können.

Das Buch Ctuzelawis tauchte kurz nach dem Vierten Großen Krieg auf, als Folge der schrecklichen Entdekkung über Silicium, die im Buch wiederholt Erwähnung findet. Ctuzelawis ist der große Philosoph und Prophet der Mondbewohner. Er hat sie unzweifelhaft vor der Vernichtung gerettet, als er sein Gesetz des Vernünftigen Krieges aufstellte. Mir scheint er so etwas wie eine Mischung aus Moses und Aristoteles zu sein. Damit man sein Buch verstehen kann, muß ich versuchen, zunächst den Unterschied zwischen den Staatssystemen von Lomokome und Lomadine darzustellen, der allen diesen Kriegen zugrunde liegt und weiterhin Kriege verursachen wird, bis die Zeiten zu Ende gehen.

Wenn ich es mit Ausdrücken schildern soll, die uns geläufig sind, würde ich von einem ›ideologischen Konflikt zwischen Hydrogenismus und Suggestionismus‹ sprechen. Solche Bezeichnungen werden hier aber nicht verwendet. Die Lomokomier bezeichnen ihre Denkart als Orange, die Lomadiner sind bekannt als die Blauen. In diesem Land ist es eine tödliche Beleidigung, zu behaupten, eine Bemerkung verrate blaues Denken oder irgend jemand sei im Grunde seines Herzens ein Blauer. Genau das Gegenteil scheint in Lomadine zu gelten. Orange ist dort das häufigste Schimpfwort.

Ich will nicht so tun, als hätte ich alle Merkmale der

beiden Systeme begriffen. Sie beruhen beide auf philosophischen Überlegungen oder Behauptungen, die mir recht verschwommen vorkommen. Vor allem Lomadine ist schwer zu durchschauen, weil mein ganzes Wissen darüber auf den krassen Vorurteilen und dem Haß beruht, die aus den Rollen von Lomokome sprechen. Ich will mich aber bemühen, ein Bild von beiden Seiten zu liefern, das einigermaßen den Gegebenheiten entspricht.

Das Gesetz des Vernünftigen Krieges

4

[*›Hydrogenismus‹*]

Der Hydrogenismis, das Gesellschaftssystem von Lomokome, ruht auf dem wissenschaftlichen Dogma, daß alle Dinge Wasserstoff oder Verbindungen von Wasserstoff seien.

[*Anmerkung von Professor Robinson: Das ist eine wohlbekannte Theorie der modernen Wissenschaft. Sie wurde 1816 zum erstenmal aufgestellt von William Prout, einem englischen Chemiker, und trägt den Namen ›Proutsche Hypothese‹. In eng begrenztem Sinn enthält diese Ansicht etwas Wahres, wie die Arbeiten von F. W. Aston und anderen gezeigt haben, aber streng genommen handelt es sich weniger um ein Faktum als um eine wissenschaftliche Metapher. Der ›St. Louis Journal-Herald‹ hat diesen Abschnitt groß herausgestellt und behauptet, es sei unmöglich, daß Leutnant Butler im Rahmen eines Hirngespinsts auf die Proutsche Hypothese hätte stoßen können. Ich kann darin aber nichts Ungewöhnliches entdecken, so wenig wie meine Kollegen beim Projekt Rhododendron. Leutnant Butler war an der Marineakademie ein guter Chemiestudent gewesen, und es spricht sehr viel dafür, daß er bei seiner Lektüre auch auf Prouts Hypothese gestoßen war.*]

Sie behaupten, kein Ding sei in Wahrheit mehr oder weniger wert als irgendein anderes, außer darin, daß es mehr oder weniger Wasserstoff enthält.

Dann folgt eine ganze Menge über Masse-Wasserstoff und Energie-Wasserstoff, wovon ich nichts begreife, aber es läuft etwa auf folgendes hinaus: Der Wert eines Dinges bestimmt sich nach der Zahl von Wasserstoffatomen, die verwandelt werden, um es hervorzubringen. Geld, so heißt es, sei etwas Überflüssiges, das unehrlich verwendet werden könne, um gefälschte Werte hervorzubringen; also wird kein Geld benützt. Privatbesitz ist eine Absurdität, weil keine menschliche Einwirkung dem Universum ein Atom Wasserstoff hinzufügen oder wegnehmen kann. ›Aller Wasserstoff gehört dem ganzen Volk‹, heißt der Spruch, auf dem ihr System beruht.

Soziale Gerechtigkeit besteht für sie in einer gerechten Verteilung von Wasserstoff an alle. Von Natur aus, so sagen sie, würden alle Menschen versuchen, mehr Wasserstoff zu verbrauchen, als ihnen zusteht. Die Aufgabe des Staates bestehe darin, solchen Mißbrauch zu verhindern. Es ergibt sich die höchste Frage: ›Wer soll über die Zuteilung von Wasserstoff entscheiden?‹

Die Antwort in Lomokomo: Die Weisesten müssen entscheiden. So hat sich das Regime der Chefdenker ergeben. Der Ursprung dieser Gruppe liegt sehr im Dunkeln, aber soviel ich erkennen kann, wurde sie bei einem gewaltsamen Umsturz gegründet. Die Magnatendenker sind eine ewig bestehende Körperschaft von dreizehn Männern auf der höchsten geistigen Stufe. Der Theorie nach hat ihnen das Volk die gerechte Zuteilung des Wasserstoffs anvertraut. Sie selbst ernennen neue Denker, sobald die alten sterben. Verantwortlich sind sie niemandem, da sie kraft Definition die höchsten Vernunftkräfte im Land darstellen.

Alles und jeder Beruf in Lomokome hat eine Hydrogenzahl, zugeteilt von den Chefdenkern. Die Hydrogenzahl eines Gebildes wie eines Stuhls oder eines Hauses entspricht praktisch seinem Preis. Die Hydrogenzahl eines Berufes entspricht dem Gehalt, das dafür bezahlt wird. Ein Beispiel: Die Hydrogenzahl eines Zimmermanns ist 150. Jeden Monat erhält jeder Zimmermann in Lomokome 150 angerechnet (was der Theorie nach soundso vielen Billionen oder Trillionen freien Wasserstoffatomen entspricht). Er kann, solange er ein Haben an Hydrogen besitzt, Güter aus den Läden und Lagerhäusern der Chefdenker beziehen. Die Hydrogenzahl des Erworbenen wird ihm angerechnet. Jeder Einwohner von Lomokome trägt bei sich ein Hydrogenbuch, in dem seine ›Gehälter‹ und ›Käufe‹ durch amtliche Maschinen des Staates eingetragen werden. Die Strafe für ein Fälschen oder unberechtigtes Verändern eines Hydrogenbuchs ist Tod auf grausame Weise: Man wird von rotglühenden Stahlrechen zerfetzt. Das scheint in Lomokome das höchste Verbrechen zu sein – gleich nach dem Verdacht, blauen Ideen anzuhängen.

In der Praxis teilen die Denker selbst keine Zahlen zu. Diese Arbeit ist delegiert an zwei Ämter – das Masse-Hydrogen-Amt, das die Zahlen für materielle Objekte festsetzt, und das Energie-Hydrogen-Amt, das Gehälter bestimmt. Die Arbeit beider Ämter untersteht aber der Aufsicht der Chefdenker, die nach Belieben Zahlen verändern können.

Der Beruf mit der höchsten Hydrogenzahl ist der des Chefdenkers – 5000. Dann kommen die Amtschefs, die zwischen 1500 und 2000 erhalten. So geht das stufenweise hinunter von Staatsbeamten über Industriemanager, Wissenschaftler, Künstler, Ärzte und so weiter bis zu den einfachen Leuten, den wahren ›Eigentümern‹ des ganzen Wasserstoffs. Die höchste Zahl für einen gewöhnlichen Arbeiter beträgt 175 und wird den Uranbergleuten gewährt.

So, wie das System in der Praxis funktioniert, haben die den materiellen Objekten zugeteilten Zahlen mit dem Wasserstoffgehalt nicht mehr viel zu schaffen. Die Zahlen werden von den Ämtern einfach so festgelegt, daß ein Gleichgewicht zwischen Angebot und Nachfrage entsteht. Die Zahlen für Berufe sind ebenso willkürlich geworden. Die Bewohner von Lomokome geben sich in dieser Hinsicht überraschend zynisch. Die Pflege von Freundschaften mit Beamten im Energie-Hydrogen-Amt, um höhere Zahlen zugesprochen zu erhalten, ist häufig. In ihrer Sprache gibt es einen komplizierten Kalauer: ›Denk nicht an den Wasserstoff deines Jobs, es kommt auf das Kalium an.‹ Ihr Ausdruck für Kalium, *Nipato*, wird genauso ausgesprochen wie der Slangausdruck *Ni pata*, was wörtlich heißt ›Kratz mir den Rücken‹ und übertragen natürlich gute Beziehungen zu höheren Stellen oder gesellschaftlichen Einfluß bedeutet.

Ich habe hier nur den gröbsten Umriß des Hydrogenismus gegeben. Der Ablauf im Alltag ist faszinierend zu verfolgen, aber ich kann hier nicht darauf eingehen. Die Auswirkung auf Ehe und Familienleben ist dabei aber so seltsam, daß ich nicht umhin kann, ihn kurz zu streifen.

Da die Leute selbst nur als belebter Wasserstoff gelten, folgt daraus, daß sie wie jede andere natürliche Ressource, der Gemeinschaft gehören. Fortpflanzung ist lediglich ein Job mit ziemlich niedriger Hydrogenzahl, weil das wenig Geschick erfordert. Verheiratete Arbeiter erhalten einen Zuschlag (hier arbeiten alle Frauen ebenso wie die Männer). Ein Zimmermann, dessen Frau ein Kind zur Welt bringt, bekommt für den Monat zusätzlich 50 zugesprochen. Die Frau erhält extra 200, weil man davon ausgeht, daß sie die Hauptarbeit geleistet hat. Das Kind wird ihnen dann von den Chefdenkern weggenommen, als hätten die Eltern einen Stuhl verfertigt, und in der Gemeinschaft aufgezogen. Reiche Leute dagegen, die sentimental veranlagt sind, können ihre Kinder von den Denkern für 25 im Monat zurückmieten. Wirklichen Besitz an ihnen kann man jedoch nicht erlangen. Nach der Lehre der Denker hieße das, ein freies Wesen in die Sklaverei zu zwingen.

Ich habe oben den Ausdruck ›Ehefrau‹ gebraucht, aber in Wahrheit gibt es keine Ehe in unserem Sinne. Das Sexualleben im Hydrogenismus ist viel zu kompliziert, als daß ich es hier zu schildern versuchen könnte, aber von recht phantastischer Art. Eines ist mir klar geworden: Wenn ein Besucher vom Mond auf der Erde unser Leben zu beschreiben versuchen würde, müßte er eine ganze Enzyklopädie schreiben. Dieser Versuchung muß ich hier widerstehen. Wenn ich jemals die Erlaubnis erhalte, zum Projektil zurückzukehren, werde ich eine Lesemaschine mitnehmen und einen Sack voll Sachbuch-Rollen. Und wenn ich auf die Erde zurückkomme, kann die Marine einen Bericht von 10000 Seiten über Lomokome herausgeben.

5

[›*Suggestionismus*‹]

Mir ist klar, daß ich das Hydrogensystem von Lomokome auf nicht gerade befriedigende Weise geschildert habe, obwohl ich es mit eigenen Augen verfolgen konnte und alle Rollen darüber zur Verfügung habe. Meine Schilderung der Lebensweise in Lomadine wird wohl noch dürftiger ausfallen. Über das hinaus, was in Lomokome darüber geschrieben wurde, weiß ich nichts. Das ist etwa so, als wolle man auf der Grundlage einiger feindseliger Stellen in moslemischen Büchern ergründen, was es mit dem Christentum auf sich habe.

Theoretisch scheint es in Lomadine überhaupt keinen Staat zu geben.

Die Lomadiner sind offenbar ein religiöses Volk. Als Hauptglaubenssatz gilt ihnen, daß Staat und Gesetze unmoralisch und Gotteslästerung sind, weil solche Einrichtungen unterstellen, Gottes Schöpfung sei nicht in der Lage, von selbst zu funktionieren. Das ganze System dort beruht auf diesem Prinzip, bis hin zum letzten Detail.

Um eine Ausrede für eine Art gemeinschaftlicher Ordnung zu finden, haben ihre Philosophen sehr eigenartige Gedankengänge verfolgt. Richtig, sagen sie, es ist glaubenswidrig, daß Menschen Gesetze erlassen und einander beherrschen. Aber an der Idee, daß Menschen einander Vorschläge oder Suggestionen machen, sei nichts Falsches. Vielmehr sei das eine vernünftige Art des Handelns. Ihr Land wird auf der Grundlage von Suggestionen geführt.

Was auf eine Regierung hinausläuft, ist ihr Suggestionsausschuß zur allgemeinen Wohlfahrt. Die 240 Mitglieder werden durch Los aus allen Erwachsenen über einem festgelegten Mindestalter mit einem bestimmten Ausbildungsstand und einem gewissen Intelligenzgrad gewählt. Ein Viertel dieser Körperschaft wird alle 500 Tage ausgewechselt, so daß alle 2000 Tage eine völlig neue Gruppierung vorhanden ist. Die Ausschußmitglieder wählen aus ihren eigenen Reihen wieder durch das Los eine Art Präsidenten, der als Suggestor von Lomadine bezeichnet wird. Er bleibt 1000 Tage im Amt.

(Die Schriftsteller von Lomokome ergehen sich in triefendem Sarkasmus gegenüber diesem System. Sie nennen es ›Regierung durch Lotterie unter Idioten‹.)

Wie gesagt, theoretisch gibt es in Lomadine keine Gesetze und kann es sie nicht geben. Man besitzt aber doch einen geltenden Kodex von Ständigen Suggestionen, bei dem es sich praktisch eben doch um Gesetze handelt. Es scheint noch einen zweiten Kodex von Wahlsuggestionen zu geben, dessen Sinn ich allerdings nicht verstehe. Die Ständigen Suggestionen betreffen alle Fragen von Straf- und Zivilrecht bei uns zu Hause. Beispiel: Eine Ständige Suggestion ist die, daß niemand aus irgendeinem Grund irgendeinen anderen töten darf, eine zweite, daß jeder sich an einen unterzeichneten Vertrag zu halten habe, und so fort.

Damit eine Suggestion zu einer Ständigen werden kann, muß sie vom Suggestor selbst kommen – ob-

schon ihm jeder eine Suggestion vorschlagen darf – und von einer Ausschußmehrheit bestätigt werden. Sie wird dann in die Bände der Ständigen Suggestionen aufgenommen. Man geht davon aus, daß alle sich freiwillig daran halten. In der Theorie kann nichts einen Bewohner daran hindern, jede Suggestion zu mißachten, die ihm nicht behagt. Was geschieht, wenn er das tut? Er wird ›eingeladen‹, sein Verhalten mit einer Diskussionsrunde zu besprechen. Er gibt seine Gründe dafür an, weshalb er die Ständige Suggestion mißachtet hat. Wenn sie unzureichend erscheinen, kann die Runde dafür stimmen, daß er ausgepeitscht wird.

Jede Runde ist mit zwei oder drei muskelstarken Mitgliedern besetzt, die im Auspeitschen erfahren sind. In Lomadine handelt es sich dabei um die gebräuchlichste Strafe. Bei bestimmten Vergehen kann die Runde an den Suggestor verweisen, der allein die Macht besitzt, vorzuschlagen, man möge dem Täter den Kopf abhauen.

Mir fiel es sehr schwer, das klar zu erkennen, weil die Darstellungen von Sarkasmus und Beschimpfungen überwuchert sind. Vielleicht habe ich falsch berichtet. Die Lomokomier haben einen Ausdruck – ›der lächerliche Mummenschanz der Suggestionen‹ – der wie bei einer Litanei immer wieder verwendet wird, sobald die Rede vom System in Lomadine geht. Was die Wahlsuggestionen angeht, so bekommen die Schriftsteller in Lomokome Schaum vor den Mund und wälzen sich, bildhaft gesprochen, am Boden, sobald sie Erwähnung finden. Ich kann also über diesen Aspekt der Blauen keine Auskunft geben, die wirklich befriedigend wäre. Offenbar ist es so, daß bei einem Verstoß gegen eine Wahlsuggestion gar nichts passiert. Ich habe den Eindruck gewonnen, daß es sehr viel mehr Wahlsuggestionen als Ständige Suggestionen gibt. Sie scheinen den gesamten Lebensbereich zu betreffen. Am meisten amüsieren die Autoren in Lomokome sich über eine Wahlsuggestion im Hinblick auf das Baden. Ich kann nicht sagen, ob es sich nicht um eine satirische Erfindung handelt; denkbar wäre es. Ich weiß, daß es sehr viele Wahlsuggestionen zum Sexualleben gibt. Auch darüber lacht man sich hier in Lomokome krank. Bei den Lomadinern scheint eine recht prüde, altmodische Monogamie vorzuherrschen, was von den Praktiken meiner orangeroten Freunde meilenweit entfernt ist.

In Lomadine drucken Privatunternehmen Geld, versorgen den Postdienst, bauen Straßen und leisten alle Dienste, die sonst dem Staat überlassen bleiben. Sie handeln in Übereinstimmung mit Ständigen Suggestionen, die ihre Tätigkeit genau regeln.

Sogar die Landesverteilung ist der Theorie nach einem privaten Unternehmen übertragen. Der Chef dieser Firma ist jedoch der Suggestor, und die Aktionäre setzen sich aus den Ausschußmitgliedern zusammen. Diese Einrichtung scheint weiter keinen Sinn zu ergeben, außer jenem, die Behauptung aufrechtzuerhalten, es gäbe keinen Staat. Mir ist klar, daß diese juristische Fiktion das ganze Leben von Lomadine beherrscht und in der Gesellschaftsstruktur von oben bis unten streng durchgehalten wird.

Die Autoren in Orange belustigen sich köstlich angesichts dieser Lippenbekenntnisse zu einer vorgetäuschten Freiheit von allem Staatlichen. Sie sagen, nichts könne verhindern, daß einige den ganzen Wasserstoff im Land an sich reißen, und behaupten, genau das sei geschehen. Sie räumen rundweg mit der Behauptung der Blauen auf, es gäbe keinen Staat. Trotzdem habe ich das Gefühl, daß dieser seltsame Nicht-Staat dort drüben funktionieren muß. Die Leute können jederzeit den Vorschlag machen, ihn zu beseitigen. In vielen Jahrhunderten ist das aber nicht geschehen. Obwohl ich weiß, daß die Bevölkerungszahl nicht ganz so groß ist wie in Lomokome, hat man in allen Kriegen doch standgehalten und nicht öfter verloren als gesiegt ...

Seitdem ich die letzten Worte geschrieben habe, sind sechzehn Stunden vergangen. Aus irgendeinem Grund überfiel mich beim Schreiben schreckliches Heimweh. Ich ging hin und machte eine große Dummheit. Ich nahm fünf von diesen riskanten *Kath*-Pillen und war bewußtlos. Ich hatte vorher nie mehr als eine oder zwei auf einmal genommen und war nur beschwipst gewesen. Ich dachte, ich hätte fünf nötig, weil ich mich so elend fühlte. Das war ein Fehler.

Als ich wach wurde, schien ich an Hunger und Durst sterben zu müssen. Ich schreibe jetzt, während ich esse und trinke, um keine Zeit mehr zu verlieren. Der Koch, ein zwei Meter langer Kerl mit buschigem Bart, sagt mir, daß Vovone und der Kaham morgen nach Hause kommen, so daß mir zum Schreiben nicht mehr viel Zeit bleibt. Für den übernächsten Tag ist der Tag des Todes angesagt. Der Koch weiß nicht, ob der Kaham zugelassen wird oder nicht. Ich sagte, doch wohl nicht, weil er sonst nicht nach Hause käme. Der Koch widersprach je-

doch. Jeder, der zum Sterben bestimmt sei, verbringe stets die letzte Nacht zu Hause und gehe mit seiner Familie zur Todeshöhle. Das gehöre zum Ritual. Ich werde also nicht wissen, wie es steht, bis sie zurückkommen. Es wird schlecht aussehen für mich, wenn . . .
[*Anmerkung des Herausgebers: Hier bricht der Text ab.*]

[*Das Buch Ctuzelawis*]

... einfach alles aus Ctuzelawis abschreiben, wenn ich kann, und im Verlauf übersetzen. Die Sprache ist ausgesprochen schlicht, so daß das nicht allzu schwer fallen sollte. Hoffentlich bleibt mir genug Zeit dafür.

Das Buch Ctuzelawis

In den Tagen vor dem Vierten Universalkrieg gab es einen Mann von Lomokome, der Ostove hieß und in der Weisheit der Metalle sehr bewandert war. Er erforschte die Oberfläche des Mondes, aus freien Stücken allein, im Auftrag der Magnatendenker.

Er suchte seltene Metalle im Grauen Meer, als er auf eine einsame Frau aus Lomadine namens Norlen stieß. Sie war Astronomin und verbrachte viel Zeit an der Oberfläche.

Die beiden verliebten sich ineinander. Sie beschlossen zu heiraten.

Die große Feindschaft war damals hoch im Schwang. Wären sie in ihre beiden Länder zurückgekehrt, sie hätten sterben müssen. Sie beschlossen, ihr Leben im Verborgenen zuzubringen, auf der Oberfläche. Da sie weise und erfinderisch waren, taten sie das und gediehen. Sie lebten lange *Hasans* und hatten einen Sohn, den sie Ctuzelawis nannten – das heißt ›Wollten-die-Kriege-endlich-aufhören‹. Dann starben sie, und Ctuzelawis blieb allein zurück.

Seine Eltern hatte ihm ihre ganze Weisheit vermittelt.

Er lebte sehr lange allein auf der Oberfläche. Insgeheim besuchte er die bewohnten Kavernen und fand sie voller Torheit und nutzlosem Streben. Er zog es vor, in der Einsamkeit zu bleiben.

Im fünften *Hasan** seines Lebens wurde in Lomokome und Lomadine die Siliciumreaktion entdeckt. [* *Anmerkung von D. M. B.: Fünf Hasans entsprechen 95 Jahren, Ctuzelawis war demnach zwischen sechsundsiebzig und fünfundneunzig Jahren alt, als er das Buch schrieb.*]

Als Ctuzelawis von der Siliciumreaktion erfuhr, war sein Herz schwer für beide Völker, denn er sah, daß die Vernichtung sie bald verschlingen und keinen übriglassen würde.

Deshalb sammelte Ctuzelawis seine Kräfte, um ein Buch zu schreiben, das den Völkern den Weg zeigen sollte, wie sie dem Unheil entgehen konnten.

Mit viel Mühe schrieb er das Buch und beendete es und kopierte es und schickte Abschriften insgeheim durch beide Länder.

Als die Völker in beiden Ländern die Botschaft des Buches hörten, frohlockten sie allerorten.

Endlich hörten die Herrscher von dem Buch und verlangten es zu sehen. Das Buch Ctuzelawis erfreute auch die Herrscher sehr, denn auch sie wollten nicht sterben, sahen den Tod aber vor sich.

Aus diesem Grund trafen sich in einem Großen Rat – es hatte nie zuvor einen solchen gegeben und wird nie mehr einen geben – die Magnatendenker von Lomokome und der Suggestionsausschuß von Lomadine auf der Oberfläche mit Pracht und Feierlichkeit und freundlichen Worten.

Sie einigten sich rasch darauf, daß sie für immer unter dem Buch Ctuzelawis leben wollten.

Sie bestimmten Beauftragte und bewilligten Geld oder Güter, jede Seite nach ihren eigenen Gesetzen und Methoden, um jedes Wort des Buches zu erfüllen.

So geschah es, und so hat das Buch bis heute seine Geltung behalten.

Dies nun sind die Worte von Ctuzelawis, die er im *Hasan* 1583 den beiden Nationen sandte, im Monat Ba-5, sieben Monate nach der Entdeckung der Siliciumreaktion. Das ist das Gesetz des Vernünftigen Krieges. Das ist das Buch Ctuzelawis – auf Befehl der Magnatendenker das Erste Gesetz von Lomokome, auch die Unveränderbare Ständige Suggestion von Lomadine durch Murant, der Dreihundertvierzehnten Suggestor von Lomadine – seit dem ersten Tag des ersten Monats im *Hasan* 1584 in beiden Nationen gültig.

1.

Ich bin Ctuzelawis, geboren von einem Vater aus Lomokome und einer Mutter aus Lomadine, Ostove und Norlen. Ich habe mein Leben allein auf der Oberfläche zugebracht, wie vor mir meine Eltern.

Nun geht mein Leben zu Ende. Ich bin sehr alt. Es bedeutet mir wenig, daß mein vertrockneter Körper noch einige Umdrehungen unseres riesigen, wundersamen Mondes bestehe. Ich habe meinen Blick mit Sehen und Studieren gefüllt. Was unsere Welt an Wahrheit zu bieten vermag, besitze ich. Es ist Zeit, daß ich zu meinem ewigen Haus hinuntergehe.

Aber aus der Furcht vor Gott kann ich nicht anders, als diese Worte niederzuschreiben. Es ist ein großes Übel, daß Menschen eine Welt zerstören. Dies wird nicht unbestraft bleiben. Auch jener bleibt nicht ungestraft, in dessen Herz Gott gute Worte des Rates legt, der aber zu träge oder zu scheu ist, sie zu verbreiten.

Meine Brüder, das Ende der Tage steht bevor. Das Unheil der Siliciumreaktion ist gewiß. Das ist keine Waffe, sondern ein unbezähmbarer Brand der Materie, ein Ausschlag, der blitzschnell unsere ganze Welt erfaßt. Lomokome und Lomadine besitzen jetzt das Wissen und die Maschinen, um die Siliciumreaktion auszulösen. Bald werden sie wieder Krieg führen. Wer zweifelt daran, daß diese Vernichtung für uns alle verzeichnet ist?

Wir sind alle tot. Unsere Weisen haben das Vermögen erlangt, den Globus zu zerstören, auf dem wir leben. Wann haben wir es versäumt, in unseren Kriegen jede Geschicklichkeit der Vernichtung zu nutzen?

Lest meine Worte und nehmt sie euch zu Herzen, meine Brüder in Lomokome und Lomadine, und es kann sein, daß die Welt doch noch zu retten ist.

Aber wenn ihr nicht auf mich hört, sondern sagt: ›Was soll das Gefasel vom Vernünftigen Krieg? Wer hat so etwas je gehört? Was Ctuzelawis angeht, so ist er ein Mann ohne Land und ein Narr. Warum sollten wir auf ihn hören?‹, dann schreitet ihr in eurer größeren Weisheit dem Selbstmord der Rasse entgegen. Aber ich werde diese Worte vor euch gebracht und ihr werdet zumindest eine Wahl zwischen Tod und Leben gehabt haben.

2.

Ihr werdet sagen: ›Wir haben dieses Alarmgeschrei schon oft gehört. Seit hundert *Hasans* wird das Ende der Welt prophezeit. Aber unsere Väter lebten, aßen, tranken, liebten und starben, und wir tun es auch. Und unsere Kinder werden es nach uns tun, trotz der Siliciumreaktion.‹

Fragt eure Männer der Weisheit, was die Siliciumreaktion bedeutet. Aber ihr werdet ihnen nicht glauben, wenn sie es euch sagen. Weisheit ist gut, Weisheit ist zu loben, wenn sie euch Nahrung, Wärme, Behaglichkeit und Geschick im Vergießen feindlichen Blutes gibt. Weisheit ist ein keifendes Eheweib, wenn sie euch in eurer Ruhe stört.

Aber kommt und bedenkt. Die angenehme Welt, die ihr so genießt, was ist sie anderes als Materie? Was anderes als ein Chaos von Atomen, durch die Gesetze der Natur in feste Formen gegossen und auf geordneten Bahnen gehalten? Gott hat uns die Weisheit verliehen, die Geheimnisse dieser Gesetze eines nach dem anderen zu durchdringen. Mußte es nicht eines Tages dazu kommen, daß wir das Gesetz meistern, das unsere Welt in einem festen Globus zusammenhält?

Unser Ende ist nah.

Wie kann es aufgehalten werden?

3.

Hütet euch, meine Brüder, hütet euch vor den verlogenen Hoffnungen, die unsere Rasse von Krieg zu Krieg geführt haben.

Ihr werdet sagen: ›Schließen wir einen Vertrag.

Schwören wir einander, daß in künftigen Kriegen keiner von uns je zur Waffe Silicium greifen wird.‹

Und ihr werdet den Vertrag verfassen und mit beiden Händen unterschreiben. Und ihr werdet friedlich in der Zuflucht der Worte ruhen, als wären sie stärker und dicker als die massivsten Wände aus Stahl. Und die Vernichtung wird über euch hereinbrechen, wie sie über eure Väter und Vorväter hereingebrochen ist. Und in Wut und Panik werdet ihr das Silicium auf eure Feinde loslassen, wenn es nicht schon euch und sich selbst vernichtet hat.

4.

Oder ihr werdet sagen: ›Krieg ist von jetzt an sinnlos. Beide Seiten sollen ihre Kriegswaffen zerstören. Stellt keine neuen mehr her. Verbieten wir das Studium des Krieges überall.‹

Und ihr werdet streiten und reden. Ihr werdet manche Waffen vernichten und andere verbergen. Aber keine der beiden Seiten wird die Maschinen der Siliciumreaktion zerstören. Und der Blitz der Vernichtung wird kommen, während ihr im Schlaf liegt.

5.

Und wenn nicht diese, wird euch eine größere Torheit als all die anderen heimsuchen.

Ihr werdet sagen: ›Errichten wir eine Weltregierung, damit Friede sei. Sind nicht alle Menschen Brüder? Statt zwei Nationen einander gegenüberstehen zu lassen, bereit, sich an die Gurgel zu springen, wollen wir eine einzige Nation werden. Dann kann es keine Kriege mehr

geben, und die Gefahr wird überwunden sein.‹

Aber eine Weltregierung, die den Frieden halten soll, kann nicht sein, weil niemand sie wünscht. Das ist die schlichte Wahrheit, vor der wir alle die Augen verschlossen haben. Krieg ist nichts Böses. Wir behaupten gerne, es sei anders, aber wir glauben es nicht.

Der Krieg ist für uns eine Notwendigkeit.

6.

Nun werdet ihr sagen: ›Ctuzelawis ist ein Wahnsinniger. Wer weiß nicht, daß wir den Krieg hassen? Krieg ist der Fluch, der auf unserer Welt lastet. Könnten wir ihn nur abschaffen!‹

So sagt ihr. So habt ihr immer gesagt. Aber in euren Worten ist kein Wert, denn ihr kennt euch selbst nicht.

Ihr braucht den Krieg, so wie ihr Nahrung braucht.

Bis ihr das begriffen habt, gibt es keine Hoffnung.

Wenn ihr sagt: ›Nein, nein, der Krieg kann durch eine Weltregierung abgeschafft werden‹, schwöre ich euch, daß das Silicium-Unheil euch vernichten wird, bevor ein *Hasan* zu Ende geht.

Der Krieg kann nicht abgeschafft werden.

Der Krieg kann im *Zaum* gehalten werden.

Ich gebe euch ein Gesetz, den Krieg im Zaum zu halten.

Wenn ihr euch dieses Gesetz zu Herzen nehmt, wenn ihr das Gesetz des Vernünftigen Krieges zu eurem Gesetz macht, verhindert ihr die totale Vernichtung.

Das wird das Zeichen sein, daß Gott sich euch in der letzten Stunde barmherzig zugewandt hat: daß ihr das Gesetz des Vernünftigen Krieges annehmt.

7.
Was ist ein Krieg.

Er ist ein Streit zwischen Nationen, entschieden durch einen Wettbewerb der Vernichtung.

Damit Krieg existieren kann, muß es Nationen geben oder eine in sich gespaltene Nation.

Und es muß bei beiden Feinden zerstörerische Kraft geben.

Unsere Rasse hat versucht, Kriegen dadurch Einhalt zu gebieten, daß das eine oder andere von diesen Dingen beseitigt wurde.

Wir haben versucht, alle Nationen zu einer zu vereinigen, damit es keine Feinde mehr gäbe.

Wir haben versucht, Tribunale zu schaffen, die mit Worten alle möglichen Streitigkeiten zwischen Nationen ausräumen sollten.

Wir haben versucht, uns darauf zu einigen, daß alle Mittel der Zerstörung beseitigt werden.

Wir haben alle diese Dinge einzeln und gemeinsam versucht. Wir haben sie in vielerlei Form versucht. Wir haben die Vereinigungen, die Tribunale und die Abkommen geformt und umgeformt.

Und stets sind wir gescheitert.

Wer von uns glaubt im Innersten, ein neuerliches Umstellen der Präambeln, der Chartas und Verträge – ein weiteres Jonglieren mit Worten und Versprechungen – könne uns vor dem Unheil des Silicium retten?

Es wird Zeit, daß wir die Wahrheit anerkennen, die uns aus den Seiten unserer langen, ermüdenden Geschichte anschreit. Unsere Rasse braucht den Krieg. Unsere einzige Hoffnung beruht darauf, den Krieg im

Zaum zu halten, damit er nicht unsere Welt zerstöre.

Das Gesetz des Vernünftigen Krieges ist die einzige Lösung.

8.

Wir müssen Feinde haben. Wir können ohne sie nicht glücklich sein.

Das ist eine fremdartige, neue Idee, aber bedenkt, ob sie nicht wahr sei. Unsere Feinde sind die Würze unserer Tage. So, wie die Tiere ihre Zähne an Knochen, Holz oder Stein schärfen müssen, so wir unsere Kräfte, unsere Ideen und unsere Mittel an jemandem, den wir hassen. Das gilt für das Leben jedes einzelnen von uns und für das Leben der Nationen.

Wenn wir keine Feinde haben, müssen wir sie erfinden.

Bedenkt die Feindschaft, die unsere Welt spaltet.

Wir sagen, es sei unmöglich, daß das Hydrogensystem und das Suggestionssystem nebeneinander in Frieden existierten. Auf beiden Seiten schreien wir bis zur Erschöpfung, die anderen seien Sklaven und Kannibalen.

In unseren Herzen wissen wir, daß das zumeist Lügen sind, aber wir sprechen sie trotzdem aus. Warum sollten wir das tun, wenn nicht aus der Begierde, einen Feind zu haben?

Wo liegt der wahre Unterschied zwischen den beiden Systemen? Wenn die Wortwolken verwehen, sind sie einfach zwei Wege, die Güter einer Nation zu erzeugen und gemeinsam zu verbrauchen.

Beide haben Vorteile. Beide haben Nachteile. Auf

beiden Seiten gibt es keinen Kannibalismus. Das sind hitzige Worte, um unseren Naturappetit nach Feindseligkeit anzuheizen.

Welches System ist gerechter und wahrhaft frei? Auf beiden Seiten könnten bis zum Ende der Zeit Wörter aufgehäuft werden. Ich, Ctuzelawis, fälle kein Urteil. Ich kann es nicht. Das Unheil des Silicium ist zu nah. Offenbar paßt das Hydrogensystem dem Volk von Lomokome, und das Suggestionssystem dem Volk von Lomadine.

Kein Volk erträgt lange eine Weise, sich in die gemeinsamen Güter zu teilen, wenn es damit nicht zufrieden ist. Jede Nation hat ihre Vorlieben und Eigenheiten, in vielen tausend Umläufen der Sonne entwickelt.

Aber wir haben keine Wahl zwischen zwei Systemen oder einem, meine Brüder, selbst wenn ein System ganz ungerecht sei. Unsere Wahl ist zwischen zwei Systemen oder dem Siliciumtod für alle.

Es heißt, die beiden Systeme zielten darauf ab, einander zu vernichten. Das ist wahr. Aber es liegt nicht daran, daß sie nicht auf einem Globus miteinander existieren können.

Neigten wir von Natur zum Frieden, könnten die beiden Systeme nebeneinander arbeiten, bis die Sonne erkaltet. Aber wir neigen nicht zum Frieden.

Das ist die Wahrheit über uns. Zuerst wollen wir die Wahrheit wissen, dann kann uns die Weisheit helfen.

Einen Feind zu haben, ist für unser aller Natur angenehm und gesund. Dadurch sind wir wach und fleißig. Das bindet uns fester an unser eigenes Land und unsere Lieben. Es treibt uns an, alle Hilfsmittel des Landes zu

erforschen und zu nutzen. Es fördert das Beste in uns: Opferbereitschaft, Einfallskraft, Liebe, Barmherzigkeit und Treue.

Ein Feind macht aus uns das, was die Religion aus uns machen sollte, aber nie bewirkt.

Vielleicht wird in einer fernen Zukunft der Glaube unser Herz durchdringen und die Feindschaft verdrängen. Wäre es nur morgen schon so! Dann hätten wir das Gesetz des Vernünftigen Krieges nicht nötig. Aber mit dem Unheil des Silicium vor Augen dürfen wir uns nichts vormachen. Der Glaube in unserem Leben, das sind Wörter und Bücher. Unser wahrer Glaube gilt der Feindseligkeit. Feindseligkeit zwischen Menschen, zwischen Nationen, das ist die Macht unserer Zeit.

Aus diesem Grunde brauchen wir den Krieg.

9.

Der Krieg hat vielerlei Nutzen und Reiz. In jedem Gesetz, das wir aufstellen, um den Krieg im Zaum zu halten, müssen wir das berücksichtigen.

Es muß einen endgültigen Weg geben, Streitigkeiten zwischen Nationen zu entscheiden. Das leistet der Krieg. Kein Ersatz für ihn kann befriedigen. Wir alle haben weiche, verwundbare Körper. Es gibt keinen einfacheren und endgültigeren Weg, eine Streitigkeit zu beenden, als die Körper derjenigen zu zerschmettern, die anderer Meinung sind als wir. Es würde uns nicht passend erscheinen, die Körper all derer zu zerschmettern, die auf der anderen Seite stehen, weil wir dann keine Feinde mehr hätten. Im Krieg zerschmettern wir deshalb mit Überlegung nur so viele Körper unter unseren Gegnern, um sie davon zu überzeugen, daß sie klug handeln, wenn sie den Streit vorübergehend einstellen.

Bedenkt noch einmal, daß unsere Weisheit zum Schutz der Gesundheit und zur Erzeugung von Nahrung unseren Globus überfüllt. Zu viele von uns leben zu lange, wenn Friede herrscht.

Der Krieg stutzt von Zeit zu Zeit die Rasse auf wirksame Weise zurück. Durch die Vernichtung der Jungen und Gesunden verlangsamt er überdies den Fortschritt der Wissenschaft und damit den ganzen Überfüllungsvorgang.

Das Gesetz des Vernünftigen Krieges behält diesen nützlichen Zug bei.

Eine Zeit des Krieges ist außerordentlich anregend, fröhlich und produktiv. Nichts gleicht dem Rausch der Selbstaufopferung, der harten Arbeit und Loyalität, die durch eine Kriegserklärung ausgelöst werden. Es gibt, so man bedenkt, was wir sind, nicht, was wir sein wollen, keinen anderen Weg, derartig gewaltige wissenschaftliche Fortschritte zu erzielen, derartig viele Güter anzuhäufen, unsere Gehirne derartig anzustrengen, unsere Körper derartig abzuhärten, soviel allgemeine Erregung, soviel Wohlbefinden und Wohlhabenheit zu erzeugen. Gewiß, diese Freuden bringen Leid sehr rasch mit sich. Aber es ist klar, daß die Freuden das Leid überwiegen. Wir zögern nämlich niemals, wieder den Krieg zu erklären, sobald der Zeitpunkt gekommen ist.

10.

Jeder Krieg, ob im Zaum gehalten oder nicht, ob vernünftig oder nicht, muß bestimmte Elemente aufweisen, sonst kann er kein befriedigender und schlüssiger Kampf sein.

Es muß eine Auseinandersetzung geben. Ganze Nationen müssen sich bis zum Zerreißen anstrengen, um die Mittel der Zerstörung bereitzustellen.

Viele müssen sterben.

Eine Seite muß das Recht erwerben, der anderen ihren Willen aufzuzwingen.

Das Gesetz des Vernünftigen Krieges liefert diese Elemente. Es steuert sie systematisch und gerecht bei. Und es beendet die Gefahr des Untergangs durch das Silicium.

11.

Der Teil des Krieges, den wir alle weit mehr und ernsthafter bedauern als das Leid, ist die Vergeudung.

Besteht das Ziel des Krieges darin, Körper zu zerschmettern, so müssen wir zugeben, daß er in seiner jetzigen Form nicht genug leistet. Riesiger Aufwand für Zerstörung auf der einen Seite wird stets ausgeglichen durch ungeheuer kostspielige Abwehrmaßnahmen auf der anderen. Sie gleichen einander beinahe aus. Nur der winzige Spielraum zwischen beiden leistet Nützliches. Ein Mensch kann normalerweise fast ohne Kosten getötet werden. Im Krieg jedoch betragen die Durchschnittskosten für die Tötung eines einzigen Menschen mehr als diejenigen, die man für den Bau von Wohnungen für Zehntausende aufwenden müßte.

Das Gesetz des Vernünftigen Krieges beseitigt diese Vergeudung völlig. Dies allein schon sollte es den Menschen empfehlen, abgesehen noch von seinen viel größeren Vorteilen.

12.

Ich, Ctuzelawis, allein unter dem schwarzen Himmel und den gleißenden Sternen, habe tief über diese Dinge nachgedacht. Ich verstehe den Krieg. Ich verstehe unsere Rasse. Ich würde euch im Angesicht des Todes nicht verspotten oder verhöhnen wollen. Es wird einige Worte brauchen, um dieses Gesetz zu erläutern – nicht viele, denn der Gedanke ist ein einfacher. Aber ihr müßt geduldig sein und zuhören.

Ich schlage den einzigen Weg vor, auf dem das Ende der Welt vermieden werden kann. Den einzigen, sage ich, es sei denn, die Herzen der Menschen wendeten sich Gott zu. Wenn ich einen solchen Wandel in unserer Zeit voraussagen wollte, würdet ihr mich mit Recht einen Wahnsinnigen nennen. Wo ist ein Anzeichen dafür?

Aber ich bin vernünftig. Ich sage, es besteht keine Hoffnung auf eine solch großartige Wendung. Ich biete ein Gesetz, das die Menschen am Leben erhält, so wie sie sind – den Krieg liebend, Feinde begehrend, Gott nicht beachtend.

13.

Der Krieg ist ein Wettbewerb. Die Seite, die sich stärker anstrengt, trägt den Sieg davon.

Das einzige Maß, das wir jetzt besitzen, ist ein Austausch von zerstörerischer Kraft zwischen den beiden Seiten.

Aber nehmen wir an, es gäbe einen all-weisen und all-sehenden Richter, der die Anstrengungen auf beiden Seiten zu messen vermöchte. Er könnte den Ausgang vorhersagen. Er könnte das Ausmaß des Sieges ergründen. Es wäre nicht nötig, eine einzige Bombe zu werfen oder einen Schuß abzufeuern, um herauszufinden, wer gewinnen muß.

Die Messung von Anstrengung an Anstrengung ist das Wesen des Krieges. Der Austausch von Gewalttätigkeiten ist nur deshalb notwendig, weil wir nie ein besseres Meßinstrument besessen haben. Jedermann weiß, daß das ein primitiver Maßstab der Verschwendung war.

Seit der Entdeckung der Siliciumreaktion wird der Gebrauch dieses Meßinstruments zu gefährlich. Schlimmer noch, es wird sinnlos. Beide Seiten können bei geringen Kosten unendliche Zerstörungskräfte bereitstellen. Der nächste Austausch von Gewalttätigkeit wird der Welt ein Ende bereiten, ohne seine Funktion zu erfüllen, die darin besteht, die Anstrengung zu messen und den Sieg einer Seite zuzusprechen.

Und trotzdem brauchen wir den Krieg.

Das Dilemma erscheint unlösbar, ist es aber nicht.

Wir brauchen ein neues Meßinstrument, das gerecht zwischen zwei kriegerischen Anstrengungen entscheidet und den Austausch von Gewalttätigkeit ersetzt.

Ich gebe euch dieses neue Meßinstrument – das Gesetz des Vernünftigen Krieges.

14.
Auf der Stelle soll geschaffen werden ein großes Kollegium von weisen Männern, in gleicher Zahl von Lomadine und Lomokome bestimmt. Sie sollen das höchste Wissen aller Wissenschaften und Kriegskünste besitzen. Sie sollen kommen aus allen Zweigen des Lebens, die Kriegsanstrengungen befördern. Es sollen sein große Männer an Wissen über Physik, Metalle, Landwirtschaft, Militärstrategie, Chemie und alle anderen Mittel der Auseinandersetzung zwischen Nationen.

Diese Männer sollen nicht länger Bürger ihrer Länder sein. Sie sollen sich zurückziehen auf die Oberfläche des Planeten und dort ihr Leben verbringen, wie ich, Ctuzelawis, es getan habe. Sie sollen durch gleiche Zuwendungen von beiden Nationen ernährt und untergebracht und am Leben erhalten werden.

Dieses Kollegium soll dadurch Bestand haben, daß in jedem *Hasan* eine kleine Zahl der begabtesten Kinder aus jedem Land hinzugefügt wird. Diese Kinder sollen in ihrem 100. *Dahla (im Alter von acht Jahren – D. M. B.)* an die Oberfläche gehen und vom Kollegium aufgezogen werden. Dort sollen sie heranwachsen, heiraten, Kinder bekommen und sterben.

Wenn ihre Kinder das Höchste versprechen, sollen sie im Kollegium bleiben. Im anderen Fall sollen sie in die Höhlen zurückkehren – entweder nach Lomokome oder nach Lomadine, wie sie es wünschen.

Dieses Kollegium soll das Kollegium der Richter heißen. Sein Zweck soll sein, die Führung des Vernünftigen Krieges zu ermöglichen.

15.

Auf unserem Globus soll nirgendwo mehr ein Schuß abgefeuert oder eine Bombe zur Explosion gebracht werden. Im übrigen sollen die Kriege weitergehen wie bisher.

Kriege sollen erklärt werden.

Kriege sollen geführt werden.

Waffen und Sprengstoffe und die Versorgungsgüter der Kriege sollen mit fieberhaftem Eifer erzeugt werden.

Viele Leute sollen getötet werden.

Die Seite mit der größeren Kriegsleistung soll triumphieren.

Der Verlierer soll die Bitterkeit der Niederlage erleiden.

Das Maß der Kriegsanstrengungen dagegen soll nicht der Austausch der Vernichtungskräfte sein. Alle wissen nämlich, daß dieses Maß zu sinnloser Vergeudung führt und überholt ist, daß es geradewegs zum Ende der Welt führen muß.

Das Maß wird das Urteil des Richterkollegiums sein.

Das Kollegium wird die Kriegsanstrengungen untersuchen, prüfen und vergleichen und den Sieg zusprechen.

16.

Wer kann dieses Urteil durchsetzen?

Wird das Kollegium bewaffnete Macht besitzen?

Das Kollegium wird keine bewaffnete Macht besitzen. Aber jede der beiden Seiten ist bereits mit der Siliciumreaktion gerüstet.

Was kann die besiegte Nation tun, wenn das Urteil gefällt ist? Sie kann es annehmen oder wirklich in den Krieg gehen. Aus dem Urteil weiß sie bereits, daß sie ohne Silicium einen Austausch von Gewalttätigkeit nicht gewinnen kann. Und Silicium bedeutet den Selbstmord der Rasse.

Wird der Verlierer sich nicht beugen und darauf hoffen, ein andermal in den Kampf zu ziehen, wie die Nationen es getan haben, seit das erste Blut unter Menschen vergossen wurde?

Ihr werdet sagen: ›Und wie steht es mit einem Überraschungsangriff? Werden nicht ungeachtet des Kollegiums beide Seiten insgeheim Waffen anhäufen? Wird nicht eine Seite einen mächtigen Überraschungsangriff unternehmen, in der Hoffnung, rasch den Sieg davonzutragen und Herr der Welt zu sein?‹

Es gibt keine Überraschung, die plötzlich genug wäre, um die Antwort Silicium zu verhindern. Der sterbende Peitschenschlag einer überraschten Nation wird genügen, um die Welt in flammenden Staub zerfallen zu lassen. Beide Seiten wissen das. Und so werden die Urteile des Kollegiums Bestand haben. Ich schwöre euch bei den Bahnen der Sterne, daß dem so ist. Es gibt keinen anderen Weg für die Nationen.

Ferner: Die Menschen werden bald erkennen, daß der Vernünftige Krieg eine so gewaltige Verbesserung gegenüber den törichten, kostspieligen Kriegsmethoden früherer Zeit darstellt, daß sie nichts mehr davon wissen wollen. Der erste Vernünftige Krieg wird das Gesetz in der Achtung und Zuneigung der Welt für immer befestigen.

17.

Unter dem Gesetz des Vernünftigen Krieges werden weiterhin zwischen Nationen Auseinandersetzungen entstehen, die sich mit Worten nicht bereinigen lassen.

Beide Nationen werden sich weiterhin so verhalten wie bisher. Im stillen werden sie Material anhäufen und ihre Leute ausbilden. Sobald eine Seite glaubt, die andere besiegen zu können, wird sie den Krieg erklären.

Das Kollegium der Richter wird augenblicklich die Überwachung des Krieges übernehmen und sich daran machen, zu einem Urteil zu gelangen.

18.

In welcher Weise wird das Kollegium zu einem gerechten und unanfechtbaren Urteil gelangen? Was wird beim Urteil zählen?

Früher entschied die Tapferkeit junger Männer. Die Waffen waren armselig und wenig wirksam. Den Sieg trugen die mutigsten Herzen und kräftigsten Muskeln davon.

Zwischen großen Nationen unserer Zeit kann Tapferkeit auf der einen Seite gegen die andere kaum noch etwas bewirken, gestellt gegen mehr und bessere Maschinen, Treibstoffe und Nahrung. Es geht um eine Auseinandersetzung zwischen Herstellung und Versorgung.

Das Kollegium wird beiden Seiten Aufgaben stellen, die auf den Gebieten Herstellung und Versorgung zu erfüllen sind. Der Erfolg, mit der die jeweilige Seite diese Aufgaben bewältigt, wird beim Urteil am meisten zählen.

Es wird kein Bedarf bestehen am erschöpfenden, wirren Anhäufen aller nutzvollen und nutzlosen Dinge, wie wir das in Kriegszeiten erlebt haben.

In jedem Krieg gibt es große und kleinere Aufgaben der Produktion. Die großen Aufgaben sind die alten Instrumente des Krieges: Metalle, Waffen, Sprengstoffe, Nutzholz, Fahrzeuge, Treibstoff, Korn, Fleisch und dergleichen. Die kleineren Aufgaben ergeben sich aus mangelnden Stoffen oder Dingen, die plötzlich dringend gebraucht werden: Mangan, Diamanten, Vanadium, Objektive und mehr in dieser Art.

Beide Länder werden wie früher alles tun, um sich in diesen Aufgaben zu übertreffen. Aber sie werden das auf einfachere und wirkungsvollere Weise tun können, weil es eine begrenzte Zahl von Aufgaben geben wird, kein hoffnungsloses Durcheinander.

Sobald der Krieg erklärt ist, wird das Kollegium auf der Stelle drei Große und zehn Kleinere Aufgaben stellen. Bis zum Augenblick der Verkündigung werden sie geheim bleiben. Beide Nationen werden sich sofort in das Produktionsrennen stürzen, um diese Dinge herzustellen und zu liefern.

Von Zeit zu Zeit wird das Kollegium im Verlauf des Krieges weitere Große und Kleinere Aufgaben stellen, ohne sie vorher anzukündigen. Ausdauer und Anpassungsfähigkeit der Kriegsmaschinerie auf beiden Seiten werden im vollen Umfang auf die Probe gestellt. Das Kollegium wird die Zeitspanne bestimmen, aber keine der beiden Nationen wird wissen, wann der letzte Augenblick gekommen ist, bis es ihn mitteilt. Dann geht die Nachricht hinaus. Die Kriegsanstrengungen werden eingestellt. Das Kollegium mißt die Leistungen auf bei-

den Seiten und beginnt den Sieg zu berechnen.

Dieses einfache, gerechte System wird die törichten, qualvollen, zum größten Teil vergeudeten Bemühungen der früheren Zeit ersetzen. Im Frieden werden beide Nationen die Herstellung der notwendigen Dinge des Lebens auf hoher Stufe aufrechterhalten, denn niemand kann wissen, was beim nächsten Krieg als Aufgabe gestellt werden wird. Man braucht nichts für eine riesige sterile bewaffnete Streitkraft aufzuwenden. Bis zum Augenblick des Krieges werden alle den Überfluß genießen dürfen.

Auch nach dem Krieg werden sie im Vorteil sein. Denn mit den angehäuften Dingen wird man nichts anderes tun können, als sie dem Volk zurückzugeben.

Im Krieg wird das Leiden viel geringer sein. Die Nationen werden sich nicht von allen bekannten Hilfsmitteln entblößen müssen, nur, um damit Vernichtung zu säen. Das Kollegium wird nur so viele Aufgaben stellen, daß dadurch ein gerechter, harter Krieg entsteht. Welchen Sinn sollte es haben, ermüdende Wiederholung derselben Meßmethode anzustreben?

Im altmodischen Krieg muß, damit ein Maß gewonnen werde, jedes Hilfsmittel wahllos in die allgemeine Zerstörung hineingeschleudert werden.

Im Vernünftigen Krieg dagegen wird das Kollegium lediglich die produktiven Kräfte jeder Seite prüfen, bis das Urteil sich herausschält. Alle andere Vergeudung des Krieges bleibt vermieden.

Wird nicht jeder Krieg gleich ausgehen?

Nein. Denn wie in der Geschichte schon immer, wird der Sieger dem Luxus verfallen und der Trägheit, so daß seine Kräfte erlahmen. Der Verlierer wird sich abhärten und kräftigen, um den Tag der Rache zu erleben. Im altmodischen Krieg kämpften dieselben Feinde immer wieder miteinander, und der Sieg neigte sich einmal hierhin, einmal dorthin. So wird es auch im Vernünftigen Krieg sein.

19.

Aber im Krieg zählen neben den Aufgaben auch andere Dinge. Sie werden ebenfalls gemessen und beeinflussen das Urteil.

In den alten Kriegen bestand stets die Möglichkeit, durch die Entdeckung einer neuen Waffe das Gleichgewicht der Kräfte zu verändern. Dieses Element der Einfallskraft half Kriege sogar gewinnen, selbst wenn eine Seite auf dem Gebiet von Herstellung und Versorgung unterlegen war.

Die Suche nach neuen Waffen führte zur Siliciumreaktion. Bei einer Fortführung der alten Kriege wäre eine weitere Suche sinnlos.

Nicht so im Vernünftigen Krieg. Hier werden beide Seiten ihre besten Gehirne einsetzen, um neue, zerstörerische Anwendungsmöglichkeiten der Naturkräfte zu ersinnen. Diese neuen Waffen brauchen nicht hergestellt zu werden. Sie sollen nur entworfen werden. Das Kollegium wird die Berechnungen beider Seiten prüfen. Bei der Abfassung des Urteils soll es der Seite, die zur neuesten und nutzvoll schrecklichen Ausbeutung von Naturgesetzen das meiste beigetragen hat, entsprechende Vorteile gutschreiben.

20.
Weise Männer scheinen nicht ganz sicher zu sein, ob militärisches Geschick auf den Ausgang von Kriegen Einfluß hat. Man behauptet, ein ausreichender Vorteil an Nahrung, Metallen, Treibstoff und Sprengstoffen bei einer Seite bedeute den Sieg. Die Militärstrategie, so wird betont, setze nur die Daten und Orte fest, wo der Sieg zu Protokoll gegeben werden kann.

Dem mag nicht ganz so sein. Vielleicht könnte ein Narr als Befehlshaber einen großen Vorteil verschenken, wenn er ihn dem Feind gegenüber nicht nutzt. In der Vergangenheit haben Nationen oft versäumt, die Besten und Klügsten zu ihren Führern zu machen.

Das Kollegium wird deshalb die von Taktikern entworfenen Schlachtpläne auf beiden Seiten ebenso prüfen wie die Großstrategien. Es wird diese Anführer Proben Hypothetischer Schlachten unterwerfen, worin sie aufgefordert werden, viele kritische Entscheidungen zu treffen.

Die Richter werden bei der Urteilsfindung den Mangel an militärischer Urteilskraft auf beiden Seiten mit Strafpunkten belegen und ungewöhnliche Gründlichkeit oder Genialität belohnen.

21.
Tapferkeit ist zwar unwichtig geworden, nicht aber die Bereitschaft zum Sterben. In unseren jetzigen Kriegen ist es nach wie vor notwendig, junge Männer zu finden, die mit den Maschinen umgehen. Ein Mann mag ein Feigling sein, aber wenn er die Selbstbeherrschung besitzt, eine Maschine unter feindlichem Beschuß zu be-

dienen, ist er so nützlich wie ein Held.

Nichtkämpfer müssen ebenfalls bereit sein, in Städten und Fabriken zu sterben.

Die Richter werden deshalb auch die Sterbensbereitschaft* prüfen.

[* *Anmerkung von D. M. B.: Ich habe Sterbensbereitschaft zunächst mit ›Moral‹ übersetzt, aber es schien sich nicht ganz um dasselbe zu handeln. Deshalb bin ich bei der wörtlichen Übersetzung geblieben.*]

22.

Es ist notwendig, daß im Krieg Menschen sterben – sogar in einem Vernünftigen Krieg.

Schlachten ist die große Abschreckung der Kriegsführung. Ohne es wäre der Krieg so fröhlich, so lustig, so erregend, so produktiv, daß die Nationen vielleicht ohne Unterlaß gegeneinander kämpfen würden. Aber mit der Zeit lähmt das Leid den Kampfeswillen. Und das Begraben vieler junger Männer läßt den Krieg für einige Jahre weniger praktisch erscheinen, bis neue herangewachsen sind. Außerdem wird dadurch die Überfüllung der Welt verlangsamt.

Ewigen Krieg wollen wir nicht. Wie ewiger Rauschzustand würde er die Würze verlieren und zur Mühsal werden. Die Nationen lassen sich in weiser Besinnung nicht öfter als ein- oder zweimal in jeder Generation auf die angenehme Belastung des Krieges ein.

Die große Gefahr des Vernünftigen Krieges ist seine Wirtschaftlichkeit, seine Gerechtigkeit. Es ist eine Verlockung, dauernd Kriege zu haben. Das würde das Instrument des Vernünftigen Krieges stumpf machen und zurück zum Silicium führen.

Ich fordere euch daher dringend auf, meine Brüder, ganz streng und unwandelbar darauf zu achten, daß der Tag des Todes stattfindet.

Am Ende eines Krieges soll das Richterkollegium die Zahl der Menschen berechnen, die auf jeder Seite sterben müssen. Diese Zahl soll im Verhältnis dem Gesamturteil entsprechen. Sie soll groß genug sein, um den Sieg schmerzvoll und die Niederlage zur Katastrophe zu machen.

Die Regierungen beider Seiten sollen daraufhin die erforderliche Anzahl ihrer eigenen Leute töten, ob alt oder jung.

Schreckt nicht zurück vor der scheinbaren Grausamkeit dieses Gesetzesteils. Das ist der Eckstein des Vernünftigen Kriegs.

Und ich frage euch: Ist das wirklich grausam?

Ein Staat, der den Krieg erklärt, ob als Angreifer oder in Notwehr, verurteilt damit einen bestimmten Teil seiner Bevölkerung zum Tode. Der Federstrich, der das Kriegsdokument unterzeichnet, ist ein Stoß mit dem Messer, der Tausende hinmetzelt. Dies alles wissen wir.

Der Vernünftige Krieg bringt Klarheit und Ordnung in das, was ist – was sein muß, bis die Menschen sich im Geist ändern. Er beseitigt Vergeudung und Zufall. Er macht aus einem törichten, chaotischen Vorgehen, das uns völlig zu vernichten droht, einen vernünftigen, sicheren, brauchbaren Ablauf.

23.

Wer soll sterben? Diejenigen, die willens sind.

Das ist die Art, in der die Richter die Sterbensbereitschaft prüfen sollen.

Unmittelbar nach Ausbruch des Krieges sollen Abgesandte des Kollegiums in beiden Ländern Todesbüros eröffnen. Junge Männer sollen diese Büros aufsuchen und sich als Freiwillige zum Sterben melden, sobald das Urteil gefällt ist.

Am Ende des Krieges soll die Zahl derer, die auf beiden Seiten sterben sollen, vom Kollegium festgelegt werden. Die Toten werden durch Los aus den Reihen der Freiwilligen bestimmt. Eine Entbindung vom Tag des Todes soll es nicht geben.

Das wird die Probe sein auf die Sterbensbereitschaft in beiden Nationen. Die Anzahl derer, die sich freiwillig melden, und die Schnelligkeit, mit der die Listen sich füllen, wird das Gewicht dieses Teils der Kriegsanstrengung beim Urteil der Richter bestimmen.

Wenn eine Regierung offen oder insgeheim versucht, junge Männer dazu zu zwingen, daß sie sich zum Sterben melden, werden die Richter den Sieg in diesem Krieg der anderen Nation zusprechen. Denn dies wird ein deutliches Zeichen schwachen nationalen Geistes sein.

Die Seite mit den tapfersten und besten jungen Männern wird sich besser halten. So gehört es sich im Krieg.

Im Krieg stirbt aber auch eine Anzahl älterer Leute. Zur Zeit wird das einfach durch das wahllose Auftreffen von Raketen bestimmt.

Im Vernünftigen Krieg müssen Gerechtigkeit und

Vernunft an die Stelle des Zufallschaos treten.

Das Kollegium wird die Zahl der alten Leute bestimmen, die zu sterben haben. Die Alten werden vom Staat aus den Reihen jener benannt, die bei der Kriegsleistung führend waren: Wissenschaftler, Militärs, Industrielle und dergleichen. Denn es ist nur gerecht, daß jene, die über die Macht verfügen, den Krieg zu gewinnen oder zu verlieren, vom Ausgang am stärksten betroffen werden.

Dieses System wird bei den Jungen Tapferkeit und bei den Alten höchste Anstrengung hervorrufen.

Die Jungen können durch das Angebot, rasch und in großer Zahl zu sterben, die Waagschale des Sieges beeinflussen und so viele aus ihren Reihen vor dem Tod bewahren. Die Alten werden die Kriegsanstrengung fördern wie nie zuvor. Ihre Köpfe stehen auf dem Spiel.

Alle werden in einer großen Opferung bei Anwesenheit ihrer Staatsführer sterben, und zwar am Tag nach dem Urteil der Richter, mit angemessenem Trauerpomp. Dies wird für immer bekannt sein als der Tag des Todes.

24.

Ich, Ctuzelawis, bin müde. Meine Hand erkaltet. In meinem Körper wohnt nur noch wenig Feuchte. Ich werde, wie ich den Willen Gottes spüre, leben, um diese Worte, die ich geschrieben, an die Nationen zu senden. Aber während ihr noch lest, werde ich dahingerafft sein.

Lest dieses Gesetz mit Eifer. Vieles ist auszulegen, vieles zu erweitern. In den Worten, die ich geschrieben habe, werdet ihr aber die Regel und den Geist dafür finden, Kriege im Zaum zu halten.

Ruft auf der Stelle das Richterkollegium ins Leben und verpfändet eure Seelen dafür, ihre Urteile anzunehmen. Sie werden die Hüter meines Buches sein. Sie werden es euch auslegen. Aus seinen Worten werden sie euch Anweisung und Richtschnur geben.

25.

Das sind die Segnungen, die über euch kommen werden, wenn ihr dem Gesetz des Vernünftigen Krieges gehorcht.

Ihr werdet euch bis zum Ende der Zeit bekämpfen können. Ihr werdet die Freuden und Reize ewiger Feindschaft genießen. Aber die Leiden des Krieges werden in geziemenden Grenzen gehalten.

Ihr werdet gedeihen, denn ihr werdet unaufhörlich beschäftigt sein. Wenn der Krieg jederzeit kommen kann, werden die Nationen nicht nützliche Künste vernachlässigen, nicht auf Ausbildung und Gesundheit der Bewohner verzichten.

Ihr werdet reich sein, denn ihr könnt euren ganzen Fleiß darauf verwenden, im Frieden die guten Dinge zu erzeugen. Ihr braucht nur eure Fabriken und Bauernhöfe weiterarbeiten lassen, in Bereitschaft, Kriegsaufgaben zu übernehmen. Wenn der Krieg erklärt wird, stellt das Kollegium große Aufgaben der Waffenproduktion. Dann können die Nationen ihre Metallvorräte plündern und ihre Völker zu einem Rennen veranlassen, diese nutzlosen Dinge aufzuhäufen. Wenn das Rennen zu Ende und das Urteil gefällt ist, habt ihr die unbenützten

Haufen unbeschädigt vor euch und könnt sie wieder einschmelzen, um Dinge daraus zu machen, die gebraucht werden. Ihr werdet die Früchte eurer ungeheuren Anstrengungen nicht verbrennen, zermalmen und in die Luft sprengen, wie das früher geschehen ist. Ihr werdet euch durch die Kriegsmühen bereichern, nicht arm machen.

Ihr werdet in Ruhe und Sicherheit leben. Der Schaden, den der Krieg anrichten kann, wird begrenzt bleiben, nicht unbegrenzt wie ehedem. Die große Furcht, die unser Leben seit vielen *Hasans* heimsucht, die Furcht vor neuen Waffen, wird verschwinden. Ihr werdet keine Substanz dafür opfern, neue Waffen zu bauen. Denn es kommt auf den Gedanken an, auf die Formel, die zu Papier gebracht wird. Nur sie zählen im Sieg.

Aber die größte Segnung von allen ist, daß ihr weiterleben und nicht zugrunde gehen werdet in der totalen Katastrophe. Der Tod im Krieg wird euch bleiben, aber es wird ein vernünftiges Schlachten sein. Sein Ausmaß und seine Opfer werden nicht wie ehemals durch Glück und Seuche bestimmt. Statt dessen werden die richtigen Leute in der richtigen Zahl sterben. Es wird keine Gefahr sein, daß die Zerstörung sich über das gewünschte Maß hinaus ausbreitet.

Das ist der Vernünftige Krieg, meine Brüder, das wundersame Gesetz, das euch vorzulegen der Himmel mich geheißen hat. Glaubt nicht, daß das in Wahrheit die Worte des schwächlichen Ctuzelawis sind. Begreift, daß das die Worte sind, gesprochen von einem Geist, von meiner alten Hand niedergeschrieben.

Der Fluch, der über euch kommen wird, wenn ihr dieses Gesetz mißachtet, ist dieser: Feuer und großes Krachen und die Luft in Gift verwandelt und der Boden brennend und unter euren Füßen schmelzend, und das rasche Ende allen Fleisches und aller Dinge.

Lebt wohl. Die Gebete von Ctuzelawis begleiten euch.

Nun die Gründung des Kollegiums mit den Worten des Abkommens und alles, was nach der Niederschrift des Buches Ctuzelawis kam.

Und die Statuten des Vernünftigen Krieges.

Und die Geschichtsschreibung des Krieges.

All dies ist niedergelegt in den Annalen des Vernünftigen Krieges, vom Kollegium der Richter bis zum heutigen Tag geführt.

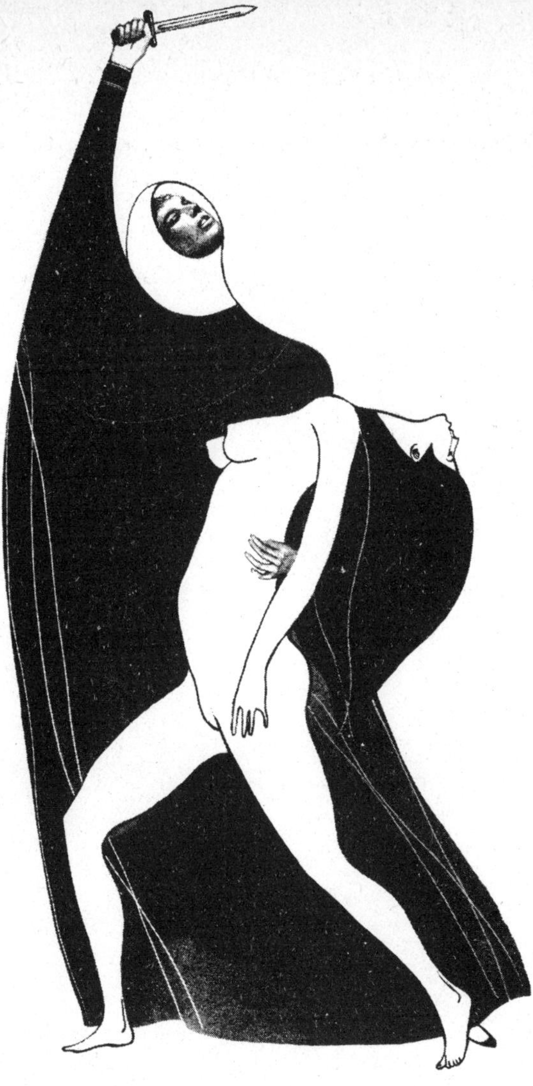

7

[*›Der Tag des Todes‹ –*
Flucht und erneute Gefangennahme –
Fünf Fragmente]

Nun, das ist das Buch Ctuzelawis, und meine Finger sind vom Abschreiben so verkrampft, daß meine Hand steif geworden ist wie die eines Toten.

Ich sehe schon Admiral Garretts Gesicht vor mir, wenn er meinen Bericht liest. Seine Brauen werden in die Höhe schnellen, sie werden sagen, ich hätte diesen ganzen ›Quatsch‹ erfunden. Aber meine Freunde jedenfalls werden es besser wissen. Ich habe in Englisch an der Akademie nur mäßig gute Noten gehabt. Ich könnte das Buch Ctuzelawis so wenig erfinden wie einen Elefanten verschlucken.

Nein, das Buch gibt es in der Tat, und es ist die Bibel dieser Leute. Beide Länder leben wirklich danach. Das ist das Allerseltsamste. Aber vielleicht ist ihnen wirklich nichts anderes übriggeblieben.

Ich habe den Eindruck gewonnen, daß sie einmal etwas hatten, das mehr Ähnlichkeit mit unserer Bibel besaß. Der Name lautet, wörtlich übersetzt, ›Der Graue Stein‹, was nichts besagt. Ich konnte nicht in Erfahrung bringen, ob es sich um ein Gesetzbuch, eine Heilige Schrift oder was immer gehandelt hat. In Lomokome gibt es keine Exemplare davon. Die Lektüre ist verboten. Die Enzyklopädien bezeichnen den ›Grauen Stein‹ im Vorbeigehen als ›primitive Blaue Mythologie‹ und ›den vergiftenden Blauen Aberglauben des Grauen

Steins‹ oder ähnlich, wie man das schon kennt. Ich weiß nicht, ob es Exemplare in Lomadine gibt. Für Lomokome ist das Buch Ctuzelawis Gesetz, und Ctuzelawis ist sein Prophet. Und wenn sie überhaupt einen Gott haben, dann den Vernünftigen Krieg.

Ich kann jetzt nicht mehr viel schreiben, bin aber froh, wenigstens das Buch abgeschrieben zu haben. Der Kaham kam zurück, als ich den letzten Absatz schrieb. Er wird nun doch morgen am Tag des Todes hingerichtet.

Offenbar hatte er die Leitung der Berechnung neuer Waffen übertragen bekommen, wobei er einen anderen Kaham ersetzte, der während des Krieges an Altersschwäche gestorben war. Lomadine übertraf Lomokome bei neuen Waffen mit etwa Zwei zu Eins, und soviel ich begriffen habe, ging der Krieg dadurch verloren, weil das Urteil in allen anderen Bereichen unentschieden ausfiel. Der Kaham verteidigte sich damit, das Kollegium hätte seine Waffe nicht richtig verstanden. Ein Ausschuß des Kollegiums hörte ihn jedoch an und beharrte darauf, mit dem Verständnis keine Schwierigkeiten gehabt zu haben. Es handelte sich um einen weitreichenden Lähmungsstrahl, der auch tauglich war, aber zu leicht gestört werden konnte. Lomadine erfand, wie ich zu hören bekam, eine giftige Mikrobe, die gegen alle bekannten Antitoxine resistent ist. Das Urteil erscheint mir auf dieser Grundlage durchaus als gerecht. Die Lomokomier sollten Gott vielmehr danken, daß sie einen Vernünftigen Krieg geführt haben und nicht einen altmodischen, weil sie sonst wohl alle ausgerottet worden wären.

Ctuzelawis verstand wirklich was.

Der Kaham ist auf den Tod vorbereitet, aber nicht zufrieden. Er behauptet, der Ausschuß des Kollegiums hätte aus vielen jungen Leuten bestanden, die von den Antistör-Eigenschaften seines Strahls wenig begriffen hätten. Er erklärt, im Kollegium gäbe es ein paar alte Meister, die ihn verstehen würden, wenn er an sie herankäme. Das System sieht aber eine Berufung nicht vor.

Ich schlug ihm vor, sich zur Oberfläche durchzuschlagen und sich an das Kollegium zu wenden und mit den alten Herren zu sprechen. Er hat nichts zu verlieren, soviel steht fest. Ich sagte, ich würde ihm helfen, wenn er mir einen Sauerstoffanzug besorge. Aber er lachte nur traurig. Für ihn bedeute es wenig, ob er sterben müsse, nur lasse er Vovone nicht gern allein. Sie schien von meinem Vorschlag viel mehr zu halten als der Kaham.

Nun beten sie beide und halten sich an ein recht kompliziertes Ritual. Ich weiß nicht, was nach dem morgigen Tag mit mir geschehen wird, aber ich denke, ich werde feststellen ...

[*Anmerkung des Herausgebers: Auf dem Rest der Blätter ist ein merklicher Unterschied in der Handschrift zu erkennen. Diese Tatsache erleichterte die Einordnung.*

Obwohl die Schriftzüge auf allen Blättern hastig hingekritzelt worden sind, kann man sie von nun an kaum noch lesen, was an Eile oder Schwäche oder beidem gelegen haben mag.]

... nutzlos. Ich weiß nicht, warum ich mir die Mühe mache. Die alte Gewohnheit bei der Marine, ein Logbuch zu führen, läßt sich eben nicht abschütteln. Und da ich den Mond erreicht habe, wird es anderen wohl auch gelingen. Ich sollte schon eine Nachricht darüber hinterlassen, was mit mir geschehen ist.

Jetzt steht es Tausend zu Eins, daß wir alle drei erledigt sind. Die Großdenker halten gar nichts von einem, der sich dem Tag des Todes entziehen will. Das gilt auch für jeden Helfer.

Wir sind wieder am Projektil. Das Kollegium ist vom Krater Kopernikus etwa neunhundert Meilen entfernt, wie mir der Kaham mitteilt. Ich will versuchen, das Projektil wieder in Gang zu bringen. Daß die Außenhaut verbeult ist, spielt keine große Rolle. Die wichtigste Reparatur, die der Kaham mit seinen Geräten in einer Stunde abzuschließen hoffte, ist . . .

[*Anmerkung des Herausgebers: Leutnant Butler hat hier einige streng geheime Einzelheiten über das schwerkraftnegierende Antriebssystem der Marine niedergeschrieben. Acht Zeilen Text, ohne Bedeutung für den Fortgang des Berichts, sind gestrichen.*]

. . . Es klappt einfach nicht wegen der Unreinheit seiner *(gestrichen)* Kristalle. Obwohl das für mich aller Wahrscheinlichkeit nach das Ende bedeutet, belustigt mich das doch ein bißchen. Der Kaham hat sich sehr herablassend über den primitiven Stand der Wissenschaft auf unserer Welt ausgelassen. Wir scheinen diesen Magiern hier aber doch noch das eine oder andere über Scheiden und Raffinieren seltener Erden beibringen zu können.

Ich konnte das Grauen, das vom Tag des Todes ausgeht, einfach nicht ertragen. Im Grunde war ich es, der dem alten Mann die Flucht eingeredet hat.

Sie haben eine eigene Todeshöhle, wo die Zeremonie abgehalten wird. Das ist eine riesige runde Grotte mit einer Naturkuppel. Ganz oben befindet sich eine gigantische Linse, die gespiegeltes Sonnenlicht hereinströmen läßt, und ringsum an der Kuppelwand gibt es viele kleinere Linsen. Das Ganze ist voller Licht einer seltsamen grünlich-gelben Färbung. Auf dem Höhlenboden stehen zahllose Steinbänke für vielleicht zweihunderttausend Menschen oder noch mehr. Am hinteren Ende führt eine breite, lange Steintreppe hinauf zu einer in den Fels geschnittenen Plattform. Auf der Plattform stehen ebenfalls Bänke und ein ungeheuer großer Steinblock, der einem Altar gleicht.

Als wir hinkamen, war die Höhle schon voller Menschen, obwohl . . .

[*Anmerkung des Herausgebers: Unterbrechung im Text.*]

. . . nicht viel Blut von jeder einzelnen Person. Die Droge, die sie nehmen, bevor sie die Plattform besteigen, scheint die Blutung zu hemmen. Trotzdem läuft bei dreizehn Großdenkern, die in der Minute jeweils etwa fünf Kehlen durchschneiden, viel Blut vom Altar in die Ablaufrinne. Von dort gelangt es in einen kleinen Kanal, der mitten durch die Höhle läuft und leicht geneigt ist, so daß das Blut nicht zum Stillstand kommt. Die Leute tauchen überall Taschentücher hinein – das gehört wohl zum Ritual.

Das Entsetzlichste an dem ganzen Vorgang ist, daß niemand ihn für grauenhaft zu halten scheint. Es geht zu wie bei einer Abschlußfeier auf dem College, nur gibt es statt Händedruck und Diplom einen Schnitt mit dem Messer quer durch die Kehle der jungen Männer, wenn sie heraufkommen. Das geht so schnell, und alle sind zugleich so heiter und tränenreich, und das Ganze wirkt so feiertäglich, daß man beinahe vergißt, Menschen sterben zu sehen. Ich muß den Tod von fünfzehntausend Menschen gesehen haben, bevor wir flohen, und es hat mich kaum so arg getroffen wie ein Autounfall, den ich einmal miterlebt habe. Man kann wohl glauben, daß ein Mensch gestorben ist, aber nicht am Massaker, selbst wenn man dabei ist.

Wir saßen ganz links hinten auf einer Bank. Die Leichen mit ihren orangeroten Gewändern wurden unaufhörlich an uns vorbeigefahren, keine fünf Meter von meinem Platz, unterwegs zum Krematorium. Sie waren von einer Art Blumenduft umgeben. Mädchen und Buben von etwa dreizehn Jahren schoben die Toten vorbei. Mir wurde unheimlich.

Ich warf einen Blick auf den Kaham. Er sah gelassen zu, unbewußt rang er aber die Hände. Was mich mit am meisten erstaunt, ist, wie sie den Verurteilten gestatteten, bei ihren Familien zu sitzen, bis der letzte . . .

[*Anmerkung des Herausgebers: Erneute Unterbrechung.*]

. . . verzweifelt. Ich bin sicher, den Kaham stört es nicht, sterben zu müssen. Sein Ruf als Wissenschaftler war aber eine andere Sache. Er war bereit, für eine Chance, ihn wiederzugewinnen, ein beinahe heiliges Gesetz zu übertreten. Ich bin sicher, wenn wir je das Kollegium erreichen und man ihm recht gibt, wird er sich mit Freude selbst die Kehle durchschneiden.

Die unglaubliche Freiheit, mit der sie die Zeremonie

ablaufen lassen, erleichterte uns den Weggang. Wir begaben uns sofort zum Labor des Kaham, wo wir Atemanzüge holten. Er fand ohne Mühe [*ein gestrichener Bericht über Material, das erforderlich ist, um ein schwerkraftnegierendes Antriebssystem instandzusetzen – der Herausgeber.*] Das Labor und die Tunnels waren verlassen. Vovone holte die *Dalka,* eine Art selbstschwebende Sänfte, die knapp über dem Boden schwebt und von einem einfachen Düsenaggregat angetrieben wird. (Nur hohe Beamte erhalten diese Apparate, die eine kolossal hohe Hydrogenzahl haben, so daß ein normaler Mensch sie sich nicht leisten kann.) Der Kaham berechnete, daß der Treibstoff uns bis zur Oberfläche oder auf eine Meile nah heranbringen würde. Wir warfen unsere ganze Ausrüstung hinein und machten uns auf den Weg, mieden die Haupttunnels und flitzten durch pechfinstere Nebenkavernen und Galerien. Der Kaham fand den Weg mit einer Art Kompaß und schaltete, wenn wir an einen neuen Tunnel kamen, kurz ein schwaches Licht ein. Er scheint über das Mondinnere wirklich genau Bescheid zu wissen.

Als die Luft nah bei der Oberfläche zu dünn wurde, zogen wir die Atemanzüge an. Es war ein wunderbares Gefühl, aus dem Krater wieder in den echten Sonnenschein hinauszutreten. Als ich am schwarzen Himmel die bläuliche Erdsichel schimmern sah, brach ich beinahe in Tränen aus. Der Treibstoff der *Dalka* reichte bis zum Projektil, und –

Der Kaham glaubt, der Antrieb sei wieder in Ordnung.

[*Anmerkung des Herausgebers: Das obige Blatt ist nur*

halb beschrieben. Leutnant Butler hat, nachdem er abbrach, dort nicht weitergeschrieben. Das nächste Blatt wurde zerknüllt außerhalb des Projektils gefunden, zwischen Steinen eingeklemmt.]

... geringe Hoffnung, aber ein Versuch mußte unternommen werden. Jetzt ist alles vorbei. Sie kamen, als wir die *(gestrichen)* Kammer wieder auseinandernahmen. Wir wußten, daß sie uns schließlich zum Projektil verfolgen würden, aber das war unsere einzige Chance.

Werden sie mich töten? Ich weiß es nicht. Der Kaham und Vovone müssen natürlich sterben – auf grausige Weise. Aber tötet man eine Giraffe, weil sie aus dem Zoo entflohen ist? Das bin ich hier, eine Art zweibeinige Giraffe aus einer fremden Welt. Vielleicht legen sie mich künftig in Ketten. Oder sie geben mir den Gnadenstoß, weil ich ihnen zuviel Mühe mache. Ich werde es bald genug erfahren. Ich schreibe das, während sie bei der Demontage ...

Keine Zeit mehr.

[*Anmerkung des Herausgebers: Die nächsten Zeilen sind in schiefen Großbuchstaben geschrieben.*]

KLEINER KRATER NACH LOMOKOME 225° RELATIV ZUM PROJEKTIL, ENTFERNUNG ETWA 12 BIS 14 TAUSEND METER. GROSSER STEIN HUNDERT METER VOR EINGANG IN PILZFORM AUF DER SEITE LIEGEND. EINGANG SCHWER ZU ERKENNEN, ABER ...

[*Anmerkung des Herausgebers: Das obige Blatt ist das letzte der ›Lomokome‹-Dokumente.*]

Auszug aus Anhang D des Robinson-Berichts
Fluglog des Piloten von Projektil Zwei

Zustand von Projektil Eins bei Auffindung: Außenhaut verbeult, kleine Risse, nichts Schwerwiegendes. Es war ein erfolgloser Versuch unternommen worden, Luftdichtheit wiederherzustellen. Das Innere ein Wirrwarr. Antrieb intakt bis auf (gestrichene Liste von Teilen), beim Reparieren offenkundig herausgenommen. Habe diese bei kurzer Suche nicht gefunden. Alle Instrumente intakt . . .

Sechs Stunden lang im Umkreis des Projektils Erkundung. Keine Spur vom Piloten gefunden. Hielt mich an die Hinweise auf dem Blatt außerhalb des Projektils. Keine Spur von einem Krater in der angegebenen Richtung und Entfernung, auch nicht von einem pilzförmigen Stein. Angesichts der Möglichkeit, daß das Projektil die Lage verändert haben könnte und die Richtung deshalb nicht mehr zutreffen würde, flog ich siebenmal langsam im Kreis über die Oberfläche an der bezeichneten Stelle. Suche verlief negativ.

Auf angegebene Entfernung bei 135° (beinahe entgegengesetzt) große, eingesunkene Masse Schutt von 500 Metern Durchmesser entdeckt, wie sie durch einen Höhleneinsturz oder ähnliches zustande gekommen sein könnte. Kein Versuch unternommen, zu graben, da hierzu schweres Gerät erforderlich gewesen wäre.

Viele ähnliche Absackungen, tiefe Gruben und Klüfte ringsum. Schrägstehende Sonne bot keine gute Beleuchtung. Sondierte zwei Gruben mit Dreihundertmeter-Lot, ohne auf Grund zu stoßen. Andere achtzig bis hundert Meter tief.

Man nimmt an, daß Pilot Butler in eine dieser Gruben oder Klüfte gestürzt ist. Bergung wird als außerordentlich unwahrscheinlich betrachtet, selbst wenn eine Suchaktion großen Ausmaßes stattfinden sollte.